길 위에 길

심웅석 수필집

초판 발행 2017년 9월 15일
지은이 심웅석
펴낸이 안창현 **펴낸곳** 코드미디어
북 디자인 Micky Ahn **교정 교열** 백이랑

등록 2001년 3월 7일
등록번호 제 25100-2001-5호
주소 서울시 은평구 갈현로 318-1 1층
전화 02-6326-1402 **팩스** 02-388-1302
전자우편 codmedia@codmedia.com

ISBN 979-11-86104-64-4 03810

정가 13,000원

길
위
에
길

심웅석 수필집

SHIMWOONGSUCK

　수필, 이라는 격조 높은 수준에 이르지 못한 글 들입니다. 아름다운 수필 언어들을 찾아내지 못했고 가슴 뭉클한 사실들도 적시하지 못하였습니다. 산문이라 이름 지을까 하였으나, 생각이나 일상을 큰 꾸밈없이 솔직하게 썼다고 생각되어 감히 수필집이라 이름을 붙였습니다.

　세월은 강물처럼 흐르고, 인생은 세월을 먹고 살아가는가 봅니다. 내 세월이 어느덧 산수傘壽에 가까워 오니, 지나간 일 들이 주마등처럼 스쳐 가고 추억과 회한들이 뒤엉켜, 한번 뒤돌아보았습니다.

　1부에는 평소에 느끼는 생각들, 2부에는 『문파』지 '의사들의 이야기' 코너에 실렸던 글, 3부는 살아온 삶을 반추해 보는 글, 4부는 죽음 사회 여행에 대한 글입니다. 5부에는 고2 시절 옛날 일기를 간단히 실어보았습니다.

　시간이 나실 때 일독一讀 해 주시면 일생의 보람이겠습니다.

　캄캄한 밤길에서 등불을 밝혀 주신 지연희 선생님께 감사드립니다. 옆에서 용기를 주신 시계문학 문우님들, 출판에 신경을 많이 써 주신 안창현 사장님 고맙습니다. 그리고 열정적 독자이며, 뒷바라지에 말없이 헌신적인 아내에게 이 책 위에 사랑을 실어드립니다.

심응석

Contents

작가의 말 _4   작품해설 _224

1

길에게 길을 묻다

길에게 길을 묻다 _12

아름다운 동행 _16

고소공포증 _19

둔치에서 잡풀을 뽑다 _22

엄마손 식당의 계란프라이 _25

담배 생각 _28

편하게 사는 법 _32

종교를 생각해 본다 _35

수명에 대하여 _38

아내의 입원 _41

기억에 남는 노래들 _45

이별 여행 _48

2

신촌에서 봉천동까지

돌팔이 행진곡 _54

귀신들이 떠나지 않게 _57

한국의료 반세기 _61

의료 실수한 이야기 _65

다른 의사에게 소개한 환자들 _68

의사들의 일생 _71

의사는 당신에게 귀 기울였나요? _75

건강 염려증 _79

강의 유감 _83

신촌에서 봉천동까지 _87

어디서 본 듯한 _91

겁 없던 외과의 시절 _93

가난한 화가의 그림 두 점 _96

Contents

3

살며 부딪치며

천방지축 행복시대 _102

아버지의 세월 _106

청춘이 서러워 _111

형 _115

월남전에 자원하다 _121

어머니, 어머니 _127

싸움에 대하여 _133

동해시에서 _137

살며 부딪치며 _141

대책 없는 친구들 _145

제비 선생 _148

술을 끊으면서 _151

벤치에 앉아 _155

4

몸이 내게 말하기 시작할 때

몸이 내게 말하기 시작할 때 _160

선구자 _163

영정 사진 _167

나오지 않는 노래 _170

임종실까지 10m밖에 되지 않았다 _174

인생 갈무리 _177

선입견에 멍드는 흙수저 _181

토끼는 왜 죽었나 _184

내가 본 대통령 _186

프라하의 추억 _190

안데스 산맥을 넘나들며 _196

5

學園日記 _208

길에게 길을 묻다

아름다운 동행

고소공포증

둔치에서 잡풀을 뽑다

엄마손 식당의 계란프라이

담배 생각

편하게 사는 법

종교를 생각해 본다

수명에 대하여

아내의 입원

기억에 남는 노래들

이별 여행

1부

길에게 길을 묻다

길에게 길을 묻다

　　　　　　살다 보면 생각이나 판단이 길을 잃고 헤맬 때가 있다. 이럴 때 걸으면서 막힌 길을, 길에게 물으면 이상하게도 그 답이 쉽게 풀린다는 것을 알게 되었다. 나이 먹어가면서, 세월을 잡아두려고, 생각해 낸 운동이 길을 걷는 것이다. 젊을 때는 친구들과 함께 산으로 다녔지만 이제 그 친구들도 모이기가 쉽지 않아 혼자서 걷는다. 산길도 걷고 냇가 길도 걷는다.

　수년 전 은퇴한 후 공기 좋고 산수 좋은 광교산 곁으로 이사 와서 살고 있다. 버들치 고개로 걸어올라 우측으로 가면 천년 약수터와 광교산 형제봉 정상에 오르는 길이고, 좌측으로 가면 매봉 약수터에 이르는 길이다. 이 길들은 '수원 둘레길'에 포함되는 길이다. 날씨가 아주 춥거나 더울 때는 후문으로 나가 성복천 갓길을 걸으면 된다. 아내와 함께 걸을 때도 있으나 그녀가 걷는 것을 즐기지 않기에, 혼자서 고독한 산길을 걷는 때가 많다. 산으로 숲속을 갈 때는 연초록 잎새 위에 부서지는 찬란한 햇살도 보고 산새들 노랫소리도 듣는다. 성복천변 길을 걸을 때면 철 따라 피는 들꽃들의 향연을 만나게 된다. 혼자 걸으면서 생각하면 결정하기 힘들었던 일들도 판단하기 쉬워지고, 시詩나 수필을 쓰다가 막힌 부분도 좋은 구절이 잘 떠오른다. 언제부턴가 시 구절이 막히면 슬그머니 운동화 챙겨 신고 길로 나서는 습관이 생겼다.

앉아있는 생활은 건강에 적신호인 반면, 움직이는 생활은 전신 건강 뿐 아니라 뇌에도 좋게 작용한다. 걷기 같은 유산소 운동은 기억에 중요한 뇌의 해마hippocampus용량을 늘려준다는 연구결과도 있다. 걷기의 리듬은 생각의 리듬을 만들고, 자연 풍광을 통해 생태 혹은 생각의 흐름을 자극한다.

새로운 생각은 자주 걷고 여행하는 데서 나온다
-Solnit, 2001

독일 철학자 칸트(1724~1804)는 병약하게 태어나 건강유지 목적으로 같은 길을 같은 시간에 혼자서 걷기 하면서, 글쓰기와 독서 외에 산책의 절대적 필요성을 터득한 사람이다. 그의 학문적 성과(비판철학)는 늘 걸었던 산책에 기반하고 있다. 생각하는 칸트, 걷는 칸트thinking Kant, walking Kant라는 수식어가 붙었을 정도이다. 그는 걸으면서 인간의 영혼, 신神의 존재 같은 문제에 대한 질문을 끝없이 던졌을 것이다.

재작년 하순에 아들에게 곤란한 문제가 생겼다. 아비로서 적극적으로 도와줄 수밖에 없었다. 밤잠도 설치면서 물심양면으로 신경을 써 주었다. 일이 마무리된 후 충고하는 아비에게 카톡으로 돌아온 말은 "한 번도 따뜻한 내 편이 되어주시지 못한 분, 제가 어찌 서운하지 않고 공손한 말씀만 올리겠습니까"였다. 자식 중에 제일 믿고 사랑하던 아들이었다. 인생을 헛살았다는 느낌이 몰려왔다. 여러 날 가슴앓이 하면서, 이리 생각 저리 생각 '아비의 길'을 길 위에서 물었다. 하나씩 길을 가르쳐준다. 저도 예민한 정신 상태에서 정상적인 생각을 한 것이 아니겠구나 하는 생각이 들었다. 마음먹었다. 내 자식이니 미워하지는 않겠지만 지금까지 어떻게든 도움이 되고자 했던 쓸데없는 걱정 버린다. 늙은이가 되면 자식들 일에 참견하지 말고 묻는 말이나 대답하라 하지 않던가. 불혹의 나이를 훌쩍 넘긴 인생이니 본인들 삶은 본인들이 살고, 내 인생은 두 늙은이 걱정이나 하면서 살면 될 일이다. 이렇게 길이 가르쳐 준대로 살아가니 마음이 편하다. 요즘은 아들에게서 "아버지, 사랑합니다"라는 카톡도 날아온다.

산책은 건강을 넘어 정신을 즐겁게 하고, 사유思惟의 폭을 넓혀주고 나아가 영혼에 휴식을 준다고 생각한다. 늦은 가을 공원을 걸으면서, 몇 개 남은 단풍잎을 떨구는 비 맞는 나무를 보면서 「만추」란 시가 생각났다. 늦여름 냇가에 핀 풀꽃들의 속삭임을 들으면서 「풀꽃으로」란 시가, 초저녁에 소리 내어 흐르는 냇물 위에 비친 달빛을 보고 「달빛과 냇물 그리고 나」라는 시가 저절로 읊어졌다. 이렇게 걷는 길 위에서 많은 시들을 쓸 수 있었고 수필들을 정리할 수 있었다. (독자들이 보면 보잘것없는 시와 수필들이 틀림없겠지만) 생각은 걷는 발의 뒤꿈치에서 나온다,라는 말이 있다. 천천히 걸으면서 생각의 고요함을 즐기는 것은, 걷기 운동에 더하여 마음과 생각을 정리 시켜주고 창작에 관련된 좋은 아이디어를 제공해 주는 역할을 한다고 믿는다.

작년까지만 해도 수원 둘레길을 걸어 산으로 많이 다녔는데, 어느 날 정신이 온전하지 않은 사람이 등산하던 노인을 이유 없이 해쳤다는 뉴스를 듣고, 혼자서 산길을 걷기가 꺼려졌다. 중학시절 아버지께 '맹자'를 배울 때 '밤길을 혼자서 걷지 마라'는 경구警句를 기억한다. 근래는 체력도 힘이 들어, 산길

대신에 성복천 갓길과 주위 공원길을 주로 걷는다. 매일 걸으면서 막힌 길을 길에게 묻는다. 어느 때는 쉽게 가르쳐주고 어느 때는 한참을 뜸 들인 후에 가르쳐주기도 한다. 내 체력이 허락할 때까지 걷기를 계속할 생각이다. 길 위에서 내가 살아있음에 감사하고, 바람의 싱그러운 속삭임에 감사하고, 내 마음을 담아 한편의 시를 쓸 수 있음에 감사하면서 풀리지 않는 길은 길에게 끊임없이 물어볼 작정이다.

아름다운 동행

       L 원장 댁에 초대된 것은 가로수 은행 잎이 노랗게 물든 가을이었다. 우리는 대학에 입학한 예과 초부터 '상록회'라는 이름으로 클럽을 만들어 지금까지 이어 오는 평생 친구들이다. 멤버 중에 여러 명이 졸업 후 미국에 건너갔고 한국에는 현재 7명이 남아서 매월 산에 다니고 있다. 산에 갈 때에 L 원장은 깔고 앉는 자리와 식후에 마실 커피를 정성껏 준비해 오는, 상대방을 항상 먼저 배려하는 헌신적이고 가슴 따뜻한 인물이다.

    30여 년 전 초대되었을 때 먹었던 갈비 맛은 지금도 기억할 정도로 맛있었다. 그의 부인은 맹장 수술을 받고 퇴원한 지 일주일 정도밖에 안 되어 아직도 복통이 살살 남아 있다고 했다. 그러나 남편이 기왕에 잡아놓은 약속이기

에 아픈 것을 참고 음식을 준비했던 것이다. 통증이 있는 것 같아 보였으나 아픈 기색을 감추고 밝고 환한 모습을 하고 있었다. 수술은 그의 제씨가 내과 과장으로 근무하는 병원에서 받았는데, 그 뒤에 보니 맹장염이 아니라 대장암이라 했다. 얼마 후 다시 입원하여 수술받았다는 소식을 듣고 우리 회원 몇 명이 병문안을 갔었다.

병실에 들어서니 그는 침대 옆에서 부인의 다리를 주물러 주는 중이었다. 부인은 코에 튜브를 꽂고 혈관주사를 맞으면서도 얼른 자리에서 일어나 '시장들 할 터이니 어서 가서 저녁식사들 하시라'고 재촉하였다. 그 와중에도 웃음을 잃지 않고 밝은 표정이었다. "어디가 아파서 이렇게 다시 입원치료를 받으시냐"라는 질문에 부인은 "잘 모르겠어요, 아마 암이라나 봐요"란 답이 전부였다. 그때 나는 보았다. 이들의 아름다운 동행을. 부부 간이라도 대답하기 어려운 질문은 알아서 하지 않는다는 미덕美德을.

힘든 투병 생활을 하면서도 누구를 원망하거나 탓하는 기색은 전혀 찾아볼 수 없었다. 남편을 굳게 신뢰하고 생명까지도 믿고 맡기는 모습이었다. 의사가 둘씩이나 있는 의사 집안에서 두 번 수술을 받게 되었다면 불평이나 원망이 나올 법한데, 이 천사 같은 부인은 본인의 병에 대하여 자세히 묻지도 않은 눈치였다. 남편이 대답하기 불편할 것이라 생각하고, 말해 주는 것만으로 알고 넘어가는 이심전심의 소통이리라. 궁금한 것을 물어보지 않는 참을성은 또 얼마나 고독한 것이었을까. 부부간에 서로 배려해 주는 모습이 아름답고 눈물겨웠다. L 원장의 평소 다정다감한 성격으로 보아, 그는 수없이 많은 울음을 가슴으로 울어 냈을 것이다.

겨울 흰 눈이 소복이 내려 천지를 덮었을 때, 우리 멤버들은 대학 송년회 후에 다시 방배동 쪽 클럽으로 이차를 갔다. 거기서 이 부부의 동행이 너무도 아름답고 눈물겨워 나는 부인을 살포시 안고 흘러나오는 음악에 따라 위로의 워킹을 하였다. 부인은 가을날 코스모스처럼 바짝 말라 있었으나 얼굴에는 평화가 가득하였고, 얼마 후 천사의 품으로 떠나셨다.

　세월은 어느덧 삼십여 년이 흘러 옛이야기가 되어 버렸지만, 은행잎이 노랗게 물들어 떨어질 때면 L 원장의 지난 동행이 가슴속 감동으로 다가오곤 한다. 그때 어렸던 아드님은 잘 자라서 아버지와 같은 안과 의사가 되어 진료에 열심이고, 기일이 되면 정성껏 성묘하고 제사를 올린다고 한다. 그의 가정에 사랑과 행운이 함께 하기를 빌어본다.

고소공포증

　　　　　　　고소공포증이란 녀석은 평생을 따라다니는 불치병인가 보다. 십여 년 전 한강변 주상복합 26층으로 이사했을 때는 침대 위, 내 자리가 창가 쪽이었다. 누워 있으면 자꾸 창밖 한강 쪽으로 떨어지는 환상 때문에, 아내 자리 안쪽으로 옮겨 침대 밑 방바닥에 요를 깔고 자곤 했다. 나에게 고소공포증이 있다는 것을 나이 들면서 우연히 알게 되었다. 군에서 제대할 무렵인 1970년도에는 연병장 한옆에 유격 훈련장을 만든다고 뚝딱거리고 있었는데 고소공포증이 있던 나는 속으로 걱정이 태산이었다. 훈련장 높은 틀에 올라가 훈련할 자신이 없었기 때문이다. 다행히 제대할 때까지 완성되지 않았다.

　40대 초에 대구에 친한 친구의 모친상이 있어 가야겠는데, 일정상 비행기로 다녀올 수밖에 없어서 할 수 없이 비행기를 탔다. 궁리 끝에 한 여자친구를 동반하여 손을 꼭 잡고 가니 '죽어도 같이 죽는구나' 싶어서인지 한결 안심이 되었다. 두 번째 비행은 제주도였는데 비행기 타고 이륙하기 전에 얼마나 후회했는지, 지금 생각하면 우스운 일이다. 지금은 여행을 많이 다니다 보니 비행기 탑승하는데 많이 익숙 해져 있다. 여러 번 타도 아무 일 없었으니 안심해도 좋다는 믿음이 생겼기 때문일 것이다. 그래도 창가 쪽은 좋아하지 않는다.

대학 동기생들끼리 예과 시절부터 꾸준히 이어 오는 모임이 있다. 나이 50 대에 접어들면서 건강을 챙기겠다는 생각에 등산하는 모임으로 뜻을 모아서 산으로 많이 다녔다. 한 번은 수락산으로 등산을 갔는데 산등성이 길이 어찌 나 가파른지, 앞으로는 수락산 등산은 절대 하지 않겠다,고 결심했던 기억이 지금도 또렷하다. 등산 중에 가파른 길이 있을 때는 우회로로 돌아가면 되는 데, 수락산은 외길이었고 양측을 둘러봐도 모두 깎아지른 절벽이었다.

산 길을 걸을 때는 길만 보고 걷지 말고 봄에는 연초록 잎새들의 향연을, 가을에는 빨갛게 불타는 단풍과 파란 하늘의 흰 구름 같은 주변 경관들도 눈 으로 즐기면서 가야 제맛이다. 그러나 가파른 산등성이 길을 가다 보면 고소 공포에 시달리며 앞길만 보고 걷는 것도 여간 힘드는 일이 아니다. 이런 때 는 앞사람 발 뒤축만 보고 걸어가면 좁은 시야에 갇혀 무서움증이 한결 덜하 다. 일부러 가파른 길을 선택하여 오르는 친구들을 보면 사람이 이렇게 다를 수가 있나 놀라울 뿐이다.

산을 오르다 보니 고소공포증에 대하여 많이 알게 되었는데, 가파른 길을 오르면서 이 녀석한테 걸리면 등 줄기에서 땀이 주르륵 나면서 초인적인 힘 이 나와 단숨에 오르게 된다. 그리고 나서 '후유'. 한참 오르다 아래를 보고 이 것에 걸리면 도로 내려오고 싶은 생각이 들어도 내려가기는 올라가는 것보 다 더 무서운 것이다. 그야말로 '진퇴양난'에 빠진다. 고소공포증의 정체 중 에 특징적인 것은, 가파른 고소高所에 이르더라도 눈 짐작으로 '여기서 떨어지면 죽겠구나' 하면 공포증이 생기고 '여기서 떨어져도 죽지는 않고 좀 다치겠구나' 싶으면 별로 안 생긴다는 것이다.

5년 전 건강 검진에서 초기암이라는 진단을 받고 지금까지 관리 중인데, 수명壽命의 산에서 심한 고소공포증은 생기지 않는다. 내 나이 지금 70대 후반이고 앞으로도 얼마 간 더 살 수 있을 것이기에, 떨어져도 다칠 정도지 죽을 만큼 높다고 생각되지는 않기 때문이다. 남은 길은 하느님께 맡기고 일상에 얽매이지 않는 자유 속에서 걸어가려 한다. 여유로운 마음으로 걸어보니, 보이기 시작한다. 냇가에 곱게 핀 들꽃 무리, 졸 졸 흐르는 시냇물 소리, 담장 따라 탐스러운 덩굴장미, 잎새 위에 쏟아지는 금빛 햇살, 멀리서 들려오는 피아노 소리, 파란 하늘에 뱅 뱅 도는 잠자리 떼…. 아름다운 세상이다.

둔치에서 잡풀을 뽑다

우리나라 개천들은, 2005년 청계천이 복원되고 4대 강이 정비되면서, 각 지방 자치단체들도 관할 개천들을 다투어 개선하였다. 내가 사는 성복천도 냇물을 따라 산책로와 자전거길을 내고, 둔치도 큰 돌을 쌓아 잘 정돈해 놓았다. 돌 사이에는 영산홍과 회양목들을 군데군데 보기 좋게 심고, 둔덕에는 산딸기 찔레꽃 개나리들을 심어 해마다 봄이 되면 제법 운치 있게 꽃들이 핀다. 지자체에서도 꽃나무 주위에 나는 잡풀들을 때맞춰 정리해주는데, 지 지난해에는 상류 쪽 우리 아파트가 있는 약 200여m는 날이 저물어 작업을 못 한 것 같다.

작년 봄에 냇가를 걸으면서 보니, 이런 꽃나무들이 기지개를 켤 때가 되었는데, 이곳 작업을 못 한 둔치에는 잡풀 줄기들이 사정없이 덮고 칭칭 감고 하여 시들시들 죽어가고 있었다. 보다 못해 내가 잡풀들을 정리하기로 마음먹었다. 아파트 관리실에서 낫을 빌려 일을 시작하였지만 생각보다 힘이 들었다. 이제 나이 탓인지 일이 쉽지가 않았다. 서두르지 않고 즐기면서 3일에 걸쳐 일을 끝냈다.

억센 잡풀들을 모두 정리한 후 바라보니 속이 다 후련했다. 바위틈에서 새 파랗게 뻗어나 앙증맞게 꽃을 피우는 회양목들, 곱게 꽃이 피는 영산홍, 개나리들이 대견스럽고 아름다웠다. 이것들을 내가 감옥에서 해방 시켜준 느낌이다. 천변 길을 걷던 아주머니들이 수고한다고 인사도 하고, 마음속으로 응원을 보내는 듯 한참을 바라보다 가는 노부부들도 있었다. 산책로를 함께 걸으면서 아내에게 자랑도 했다. 아내는, 내가 무리하여 건강에 탈이 나지 않을까 걱정이었다. 잡풀 줄기들을 걷어낸 잡동사니들은 산책로 한옆으로 쌓아 놓고 구청 공원녹지과에 전화하니, 한 열흘 후쯤 깨끗이 치워졌다.

다시 봄이다. 이 영산홍, 회양목들이 바위틈에서 힘차게 일어서야 할 때다. 금년에도 내가 작업을 할까 생각하였으나 집에서 극구 말린다. 내 건강이 염려되어서 일 것이다. 며칠 전 함께 걷다가 이들을 보고 금년에는 포기하기로 했다. 하지만 오늘 혼자서 걷다가 자세히 살펴보니, 작년보다 작업이 훨씬 수월할 것 같았다. 잡풀들이 작년처럼 많이 억세지 않고, 비교적 얌전하게 뻗어 있어 작년의 절반 정도 노력이면 해낼 수 있을 것 같다. 거기 엉키어 있는 나무들도 작년에 죽어가던 모습이 아니고 상당히 힘이 있어 보인다. '이 잡풀들을 조금만 치워주면 아주 씩씩하게 일어설 수 있답니다'라고, 팔을 벌려 도움을 청하는 모습이었다. 아마도 작년에 작업을 해 준 결과일 것이다

다 죽어가다가 다시 살아나는 나무들을 보면서 문득 외손자 형제의 얼굴이 떠오른다. 이 애들이 중학교 입학할 무렵까지 나는 딸네와 연락을 않고 살았다. 결혼할 때 마련해 준 소형 아파트를 몇 년도 못 살고 한마디 상의도 없이 팔아버린 딸이, 면목이 없어서였는지 연락을 끊었기 때문이다. 그 집에서 잘 지내면, 아이들이 자라면서 집을 늘려 줄 계획이었다. 섭섭하였다. 풍

문에 인천으로 이사했다더라, 생활이 어렵다더라 해도, 제가 직접 연락하기 전에는 모르는 척하려 했다. 어느 날, 반지하 방에 살면서 생활고에 시달려, 애들 데리고 큰 고생 중이라는 소식을 듣고는 가만있을 수 없어, 물어물어 찾아서 다시 돌봐주기 시작하였다.

　제일 걱정스러웠던 것은 사춘기를 지나는 손자 녀석들이다. 이 애들은 어깨도 축 처져있고, 고개도 똑바로 들지 못할 정도로 기가 죽어 있었다. 이들에게 제일 필요한 것은, '나도 사랑을 받고 있다'는 안정감, '돌봐주는 할아버지가 있다'는 자신감을 주는 것이리라. 생각 끝에, 내가 개원하고 있는 병원 근방에 살게 하고 시간이 날 때 마다 불러 식사도 하면서, 아이들과 대화對話를 통하여 용기를 북돋아 주었다. 이제 군 복무를 마치고 복학한 큰 손자는 금년에 대학을 졸업하였고, 작은 애도 대학에 잘 다니고 있다. 무엇보다 아이들이 정신적으로 건강해졌다는 것이 큰 다행이다.

　사랑을 받아야 잘 자랄 수 있다는 것은 사람이나 나무들이나 다를 게 없는 것같다. 둔치에 자라는 영산홍, 회양목들이 사랑의 잡풀 뽑기로 작년보다 훨씬 튼튼해진 것이나, 외손자 녀석들이 사랑을 받고 건강하게 자라는 것이나 같은 맥락이 아닐까. 포기하려던 잡풀 정리 작업을, 금년에도 즐기면서 해볼 작정이다.

엄마손 식당의 계란프라이

아내가 분당 C 병원에서, 오랫동안 고생하던 식도협착증에 시술施術을 받고 여러 날 입원하면서, 나는 근처 식당들을 헤매야 했다. 시술 후 금식하면서 몹시 힘들어 하는 모습을 볼 때는, 밥 생각이 전혀 나지 않았으나 이제 조금 회복되고 정신이 맑아지는 것을 보니, 나도 먹고 기운을 차려야겠다고 생각했다.

병원 앞 많은 식당 중에 '엄마손 식당'을 찾았다. 이름으로 보아 가정식 밥상이 나올 것 같았다. 된장찌개를 시켰더니 맛있게 구운 김과 콩자반, 시금치나물 등 여섯 가지 반찬이 식탁에 정갈하게 차려졌다. 식사 중간에 덩치가 있고 허리가 조금 굽은 덕성스러운 아주머니가 "반찬을 더 드릴까요?" 하고 정감 있게 물었다. 보글보글 끓는 된장찌개와 밥을 거의 다 먹어갈 즈음 몸집이 작고 가냘프게 생긴 아주머니가 계란프라이를 접시에 받쳐 들고 왔다. 웃으면서 따뜻할 때 먹어 보라고 했다. 서비스인 것이다. 접시를 받아보니 따뜻하다. 어렸을 적 어머니가 해 주시던 푸근한 느낌이다.

며칠 전 이 밥집을 찾았다가 만원이라 문 앞에서 돌아서야 했다. 오늘은 좀 늦게 찾아왔더니 자리가 있기에 기분이 좋아 들어오면서 이 작은 아주머니에게 눈을 맞추고 웃음을 주었는데 그 효과가 있었는지, 아니면 며칠 전 문앞에서 돌아간 것을 기억하고 있었는지는 모르겠다. 식당이래야 4인 식탁 두 개 2인 식탁 네 개 모두 합쳐 열여섯 석이 비좁게 배치된 아주 작은 식당이다. 식사가 엄마 손맛이라 그런지 항상 손님들이 붐벼 자리 잡기가 힘들다. 두 아주머니 모두 예스럽게 정감 있고 찌개도 나물 무침도 다 깔끔하고 옛날 맛이었다.

계란프라이를 먹노라니 옛날 생각이 난다. 내가 대학생 때인 60년대 초까지만 해도 우리나라가 식생활도 어려운 가난했던 시절이라, 식사 때에 계란프라이는 아버지 밥상에나 오를 정도였다. 그 옛날을 생각하면서 한 옆으로 터진 노른자까지 남김없이 훑어 먹었다. 웃으면서 오가는, 정情을 먹는 기분이었다. 아내는 시술 후 금식 기간이 다른 환자보다 두 배는 길어져서, 시술 시에 식도 천공이 되지 않았을까 속으로 걱정이었다.

아내는 70~80년대 전성기를 보낸 성우 안정현이다. 〈은하철도 999〉에서 메텔, 〈머털도사〉에서 머털이 등 많은 작품에서 중요한 역할을 맡았다. 식도 천공이 되면서 기도에 누공이 생기는 합병증이 올 경우 목소리도 망가질 수 있다는 생각에 더욱 애가 탔다. 이날 저녁 정성 어린 계란프라이에서 어머니의 목소리가 들려왔다 '너무 걱정 마라, 시술 결과는 괜찮을 것이다.' 좋은 예감이 들었다.

나도 정을 표시하고 싶었다. 가방 안에는 마침 '정직한 배즙' 팩들이 들어있었다. 후배분들이 병문안 오면서 가져온 것으로 병원 냉장고가 작아 집으로 가져가던 길이었다. 식당을 나서면서 "이거 피곤할 때 한 개씩 드세요" 하고 카운터 위에 올려놓았다. 두 아주머니 얼굴에 순식간에 웃음이 번졌다. 이 아주머니들의 티 없는 웃음은, 며칠간 걱정되던 내 마음을 한결 밝게 어루만 져주는 손길이 되었다.

귀갓길에 전철역을 나오니, 마을버스 환승장에 퇴근길에 지친 아버지들 6~7명이 줄을 지어 서 있다. 컴컴한 하늘엔 별이 몇 개 반짝인다. "야 저기 별들이 보이네". 나도 모르게 소리치며 하늘의 별들을 가리켰다. 40대 후반쯤의 한 아버지가 올려다보더니 어린이처럼 응대한다. "아마 가로등이 없으면 많은 별들이 더 똑똑히 보일 거예요." 보이는 별들을 가만히 세어보니 예닐곱 개쯤으로 마치 계란프라이 노른자처럼 노랗게 보인다. 줄 서 있는 어른들에게 한 개씩 드리면 대충 맞을 것 같았다.

한순간에, 추억의 나래를 펴는 꿈길 같은 고향 하늘 아래 와 있는 느낌이 들었다. 축 처져 있던 아버지들 모두 생기生氣가 돈다. 비쌀 것도 없고 중요할 것도 없는 이런 소소한 일상日常들이 세상 살아가는 맛이 아닐까.

담배 생각

담배를 처음 피울 때, 주인 머리에서 불이 난다고 착각한 하인들이 물을 끼얹는 해프닝이 있었다. 영국에서 있었던 일이라고 초등학교 4학년 때 담임선생이 말해 준 기억이 난다. 담배의 원산지는 아메리카 대륙이고, 1492년 콜럼버스가 대륙을 발견한 이후 전 세계에 전파되었다고 한다. 우리나라에는 17세기 초 광해군 시대에 일본을 통해서 들어왔다. 건강과 연관되어 담배에 대한 논란은 끊이지 않고 계속된다. 근래에는 담배가 건강에 해롭다고 결론이 났다. 흡연을 옹호하는 이들은, 담배를 피우면 스트레스가 해소되고 정신이 맑아져서 생각이 잘 정리된다는 주장이다. 불안했던 젊은 시절 끽연이 가져다주던 마음의 평화는 지금도 기억 속에 남아있다.

담배, 하면 아버지 생각이 난다. 긴 담뱃대에 연초를 담아 정성스레 피우시던 모습은 옛날 아버지의 상징이었다. 그 시절에는 사랑방이나 안방에서도 자연스럽게 피웠다. 담배 냄새는 곧 아버지 냄새였고 재떨이에 땅땅 떠는 소리는 아버지의 존재를 확인시켜 주는 것이었다. 다섯 살쯤에 사랑방 아궁이에 군불을 때던 행낭 처녀에게 신문지를 둘둘 말아서 "여기 불을 붙여라" 했다. 뒤춤에 가지고 나오면서 담배 피우는 시늉으로 빨아보니 연기가 코를 막았다. 생각 없이 내던지고 돌아보니 마당에 쌓아놓은 볏가리에 불이 붙어 활활 타고 있었다. 겁이 덜컥 나서 옆 산으로 내달려, 내려다보니 아버지와 큰형이 재를 쓸고 있었다. 어두워진 뒤 혼날 각오로 내려와 저녁을 먹는데 아무런 꾸중이 없다. 지금도 그것이 궁금하다. 야단을 치면 자꾸 불을 내게 된다는 속설이라도 있는 것인지.

담배를 처음 피워본 것이 대학 2학년 때이다. 청량리에서 강의를 듣던 시절, 점심시간이면 들어오다가 동급생인 K 군이 로터리 길가 매점에서 낱개로 파는 '펄멀' 담배를 한 개비 사서 반으로 갈랐다. 종이로 연결해서 피우는 방법도 가르쳐 주었다. 60년대 대학 시절에는 시내버스 안에서도 피우는 사람이 있었다. 다방이나 식당 같은 공공장소에서도 거리낌 없이 피웠다. 영화에서 배우들이 멋있게 담배를 피우면 흉내도 냈다. 그 흉내를 내고 싶어 담배를 배운 사람도 있었다. 정말 호랑이 담배 먹던 시절이었다. 삼 십 대에는 신경 쓸 일이 많았고, 스트레스가 풀린다는 느낌으로 폐 속 깊이까지 들이마셨다. 오래 사는 것은 나중 일이고 우선 지금 살아야겠다는 생각으로 사정없이 피워댔다. 흩어지는 담배연기를 보면서 뜬구름 같은 인생이 연상되어 마음이 편해지곤 했다

60년대 초에 세계 보건 기구(WHO)에서 발표한 담배 피우는 요령은 '깊이 들이마시지 말 것, 반 이상 태우지 말 것, 피우는 시간 간격을 길게 할 것' 등이다. 지금 생각하면 말이 안 되는 기준이다. 오십 년 전이면 어느새 옛날이다. 2001년도에 국립암센터가 생기고, P 교수가 원장으로 취임하면서 금연운동이 활발히 전개되었다. 우리나라 사망원인에 암이 1위로 오르면서 흡연이

폐암뿐 아니라 후두 식도 췌장 대장 신장 방광에까지 암을 유발한다는 사실이 밝혀졌다. 또 혈관을 수축시켜 심장의 관상동맥 협착도 가져와 심장질환을 일으키기도 한다. 금연캠페인으로, 방송에서도 요즘은 흡연 장면을 잘 방영하지 않는다.

건강상의 이유로 수년 전에 담배를 끊었다. 2003년부터 슬림 담배 '에쎄'가 발매되어, 한 갑으로 이삼일씩 줄여 피우는 중이었다. 슬림 담배는 연기가 훨씬 덜 나서 좀 안심되는 느낌이나, 대신 깊이 들이마시게 되어 별 차이가 없다고 했다. 하지만 깊이 마시지 않으면 연기가 적어서 본인에게도 덜 해롭고, 남에게 피해도 덜 주게 된다는 생각이었다. 오 십 년 가까이 피워오던 것을 끊기는 쉽지 않았다. 금연을 결심한 며칠 후, 도저히 참을 수 없어 아파트 26층에서 쏜살같이 내려와 공동 재떨이에 있던 꽁초를 주워 피웠다. 꿀맛이었다. 궁금해서 뒤따라 내려와, 이것을 본 아내는 지금도 배꼽을 잡는다. 보건소 금연 클리닉에서 두 번 도움을 받았다. 친구 L 군은 수술을 받고 나서, 호흡기 내과 약을 처방받아 먹고 쉽게 끊었다고 했다.

최근에는 금연 규정이 점차 엄격해져서 담배 피우는 사람들은 죄인 취급을 받는 형국이다. 점심시간에 한 무리씩 모여 끽연하는 모습은 서울 도심의 진풍경이 되었다. 끽연 구역을 너무 과도하게 제한하면 풍선효과로 오히려 비위생적인 흡연 문화가 자리 잡을지 모른다. 여행하다 보면 싱가포르를 제외한 외국에서는 이렇게까지 심하게 단속하지 않았다. 대기大氣가 개방된 장소에서는 어느 정도 허용하는 모양새였다. 오래전 피지 공항에 내려 담배 피울 수 있는 곳을 물으니, 지붕이 없는 곳은 어디든지 허용된다는 말을 들었다.

담배와 술은 인간이 누리는 대표적인 기호식품이다. 물론 간접흡연으로 남에게 해를 끼치는 일은 피해야겠다. 하지만 인생이란 무엇인가, 왜 오래 살아야 하는 것인가. 중용지도中庸之道를 밟아서, 대기가 열려있는 실외에, 사람들이 많이 모이지 않는 장소들을 선별하여, 끽연 구역을 지정해 준다면 민초民草들의 가슴속 주름을 잠시 펴 주는 일이 되지 않을까. 건강健康을 말할 때는, 육체적인 건강뿐 아니라 정신적인 안정감도 함께 봐야 될 것이기 때문이다.

편하게 사는 법

　　이제 떠나려는 가을을 보내주려고 광교산으로 향했다. 바람에 흩날리는 단풍잎들을 보면서, 약수터 벤치에 앉아 지난날들을 더듬어 본다. 생뚱맞게 옛날에 들었던 말 한마디가, 지금까지 편하게 살 수 있도록 해준 일이 떠오른다. 음악이나 미술 같은 예술에 대해서 아는 게 없다고, 그때까지는 늘 주눅이 들어 살았었다. 누구나 살아가면서 주위 사람한테 들은 말에 크게 영향을 받아본 일이 있을 것이다.

　　40대 중반에 모 방송국 유명 FM PD였던 Y양과 교제하던 때였다. 어느 환자에게서 분에 넘치는 선물을 받고 마음이 불편하던 때였다. 도로 돌려줄까 생각하면서 고민하는 것을 보고 그녀가 말했다. "상대방이 주고 싶어서 준 선물은 그냥 받는 것이지요" 이 말을 듣고 마음이 편해졌다. 그녀의 집에 가면 골동품 축음기에 고전음악 레코드판을 돌리다가도 얼른 껐다. "이런 음악 안 좋아하시죠". 바이올리니스트 쏘피무터가 두 번째 내한 공연 왔을 때 초대권이 있다고 가자고 했다. 음악회 중간 쉬는 시간에 "그만 나가죠, 지루하시죠?" 내 취향을 알고 하는 말이다. 나와서 카페로 갔다. 내키는 대로 편하게 사는 방법이었다.

음악을 잘 몰라서 기가 죽어있는 나에게 그녀는 말했다. "음악도 자세히 알려고 애쓰지 말고, 내가 들어서 좋으면 좋은 것이지요" 듣는 사람의 느낌이 중요하다는 것이다. 이 말은 그 후에 미술관에 가서도, 그림에 얽힌 복잡한 내용을 알려고 고생하지 않고 내 눈에 보이는 대로 차분하게 감상하고 나오는 습관을 가져다주었다. 지금까지 예술에 대해서 자신이 너무 무식하다고 생각하면서 느끼던 열등의식이 구름같이 사라졌다. 모차르트의 음악을 들으면서 마음이 편안해지고 영혼이 깨끗해지는 것만으로 만족한다. 이 곡이 교향곡 몇 번인지, 무슨 가극인지 알려고 애쓰지 않는다. 미술관에 가서도, 박수근의 〈빨래터〉, 〈세 여인〉 같은 그림을 볼 때는 순박한 한국인의 정서에 젖어 보고, 이중섭의 가족을 그리워하는 그림을 보면서는 그의 외로운 생애를 들어 보는 것으로 그만이다. 구체적인 예술성이나 이 그림의 내력 같은 자세한 것을 알아보려고 노력하지 않는다.

인간이 모든 일을 다 잘 할 수는 없다. 한 사람의 능력에는 한계가 있다고 본다. 다만 내 전공분야에 대해서는 양보 없이 파고들었다. 수술을 앞두고는 교과서는 물론 최신 저널까지 샅샅이 뒤져 빈틈없는 계획을 짜고 들어갔다. 하지만 음악이나 미술 같은 부분은 내 전공이 아니고, 영혼의 쉼터에서 만나는 친구이니, 대충 이해하고 편하게 넘어가도 좋을 것이란 생각이다.

이 생각은 외국 여행할 때도 영향을 받는다. 가는 곳에 대하여 책도 구해서 열심히 읽어보고 메모를 하다가도 시들해진다. 그냥 보고 느끼는 것을 머릿속에 담아오자고 생각한다. 잘츠부르크에서 모차르트의 생가를 볼 때는 이 천재적인 음악가가 말년에 가난하고 불행한 삶을 살다가 요절했다, 더라. 프라하의 카프카 생가에서는 유대인 후손으로 태어나 생전에 보험사 직원으로 일했고 젊은 나이에 폐결핵으로 요양원에서 죽었다, 실존주의 문학의 선구자로 평가받은 그의 소설은, 사후에 빛을 봤다더라 하고 지나갔다. 기념될 만한 것은 현지에서 그림엽서로 사고, 사진으로 몇 장 담아오면 될 것이다. 가벼운 마음으로 살 수 있는 길이다.

지난날 Y 양의 그 말 한마디가, 일생을 마음 편하게 살 수 있는 철학을 만들어 준 것이다. 지금도 훌륭한 조언이었다고 생각된다. 흘러간 세월을 회상하며 같은 하늘 아래 아름답게 살아갈 그녀의 행복을 빌어본다.

종교를 생각해 본다

　　많은 사람들은 종교생활을 하면서 각자의 삶을 다듬어 나간다. 세계 삼대 종교라 하면 기독교 이슬람교 불교를 꼽게 된다. 우리나라에서는 기독교와 불교를 믿는 신자들이 많고, 기독교는 가톨릭, 개신교, 그리스정교로 나뉜다. 역사적으로 보면 종교 전쟁으로 희생된 인명도 많았다. 현재 진행 중인 IS(이슬람 수니파) 테러도 일종의 종교전쟁이다. 우리나라는 종교의 자유가 있고, 종교 간의 갈등이 없어 다행이다. 인류의 역사만큼이나 오랜 역사를 가진 종교의 심오한 진리야 어찌 감히 알 수 있을까마는, 살면서 겪은 종교를 돌아본다.

　　오십 대 초반에 아내를 따라서 동부이촌동 온누리 교회에 나가기 시작했었다. 나름대로 열심히 나가서 기도도 많이 했다. 성경 말씀 중 이해하고 수긍하기 힘든 구절이 많았는데 이는 성경공부를 따로 해야 한다고 들었다. 시간을 내기 힘들어 차일피일하며 공부하는 것을 미루고 지내기 일 년을 좀 넘겼을 때였다. 하루는 진지하게 설교하는 H 목사님이 "하나님이 인류 구제를 위해 사랑하는 독자獨子를 보내셨고, 십자가에 못 박힌 지 3일 만에 부활하셨다는 성령聖靈을 믿지 못하는 사람은 공연히 연보만 내고 여기 나올 필요 없습니다"라고 말씀하였다. 가만히 생각해 보니 그 성령은 처음부터 믿을 수가 없었고, 앞으로도 믿을 가능성이 없었다. 그 후부터 교회에 나가지 않았다. 지금 생각하면 기독교 생활을 하는 것이 이 성령을 믿어가는 과정이라는 생각이다. 너무 성급하게 결정한 것이다. H 목사님은 성경에 충실한 목회자로 유명하신 분이었다.

초등학교 때는 고향 동네에 전도하는 청년이 한 분 있어서 시내 성당에 나갔고, 세례도 받은 것 같은 기억이 있으나 사십 년이 지나서 알아보니 아무 기록이 없었다. 사십대 후반에는 큰딸이 대학생, 막내아들이 중고생이었고, 모두 성당에 다녔다. 둘째 딸은 친구 J 변호사 부인이 선선히 대모가 되어 주셨다. 나이 탓인지 세월 탓인지 이 녀석들이 아비와 대화하기를 꺼려했다. 아이들과 대화를 이끌기 위하여 성서를 구해서 세 번을 정독하였다. 대화를 시작할 때 성경 말씀을 꺼내어 쓰면 말이 잘 통할까 해서였다. 어느 정도 효과는 보았으나 성공적이지는 못했다. 공자 맹자의 말씀을 함께 섞어 쓰면 자연스러웠다. 유교는 학문을 통한 생활 철학이지 종교라고는 할 수 없다. 하지만 공, 맹의 말씀은 예수나 석가모니의 말씀과 일치하는 것이 많다. 성현들의 말씀은 진리이고, 진리는 하나이기 때문일 것이다

내 정서에는 차라리 불교가 맞는 것 같다. 하나님을 유일 신神으로 믿어야 천당에 갈 수 있고, 조상에 대한 제사祭祀조차도 금하는 기독교보다, 지혜와 자비로 현실을 직시하는 불교가 믿기에 자유로워 보인다. 착하게 살면 내세에 좋은 인연으로 태어난다는 윤회輪回 사상을 설파하는 불교가 생각에 여유를 주는 느낌이다. 불교에서는 삶을 고해苦海로 보고 윤회한다는 것도 결국

고통으로 보기 때문에, 영원히 윤회에서 벗어나는 열반이나 해탈을 궁극적인 실천 목적으로 삼는 것은 현실의 삶에 충실하라는 의미라 한다. 젊은 시절, 대학 동기생들 몇 명이 다니는 등산회에서 관악산 삼막사에 갔을 때, 아들이 대학 입시를 앞둔 친구가 두 명이나 되었는데 이들은 샘가에서 물만 마시고 있었다. "내가 대표로 부처님께 불공을 드려주지"하고 들어가 삼배를 하고 나오니 한 친구가 말했다. "너는 교회에 나간다는 놈이 웬 부처님한테 절이냐?" 고맙다는 마음은 속으로 삼킨 채, 지조 없이 절하고 다닌다고 트집이다. "내 눈에는 부처님이 예수님으로 보이기도 하는데"라고 대답했다.

연약한 인간이 험한 세상 살아가는 데는 마음의 기둥이 되어줄 전지전능한 존재가 필요하다. 이 전능한 존재에 기대어 외롭고 고달픈 인생을 살아가는 것이다. 예수 그리스도가 될 수도 있고, 석가모니도 될 수 있다고 생각한다.

"일요일에 같이 손잡고 교회에 나가는 것이 소원이다"라고 하는 아내의 말에 교회에 나갔었는데, 그 뒤에 아내는 슬그머니 절을 찾아다니기 시작했다. 개종한 것이다. 지금은 가끔 아내 따라 절에 갈 때는 부처님께 절하고 불공도 드린다.

살면서 이 전지전능한 존재에게 너무 의지하면 자신을 너무 많이 용서하게 되지 않을까 걱정된다. 하나님의 가호 아래 자신이 온전히 보호되고 있다고 믿는 것은 어리석은 일이다. 성당에서 고해성사를 하면 모든 죄가 사(赦)하여진다고 믿고 죄의식을 느끼지 못하면 다시 되풀이하기 쉽지 않을까. '하나님은 내 가슴에' '부처님도 내 안에 계시다'라고 생각하면서 오늘도 조심스럽게 걸어본다.

수명壽命에 대하여

지구상의 모든 생물은 종種에 따라 대개 주어진 연한의 수명을 산다. 불교에서 유래한 말로 생자필멸生者必滅 회자정리會者定離라는 말이 있듯이, 산 자는 언젠가 반드시 죽게 되어 있다. 성경에 보면 창세기에 인간은 120세 혹은 그 이상을 살았던 기록이 있으나, 우리가 어렸을 때에는 환갑을 넘겨 살기도 쉽지 않았다. 요즘은 생활환경의 개선과 의학의 발달로 평균수명이 많이 길어졌다.

여섯 살 때 이웃집 영감이 죽었다는 말을 듣고, 죽는다는 것을 처음 생각해 보았다. 숨을 안 쉬고 한참을 참아보니 아주 갑갑했던 기억이다. 중고 시절에는 육군 사관학교를 목표로 공부하면서, 사오십 년쯤 살아도 좋으니 조국이 부를 때 미련 없이 생명을 바치겠다는 생각이었다. 고교 시절 삼총사라 불리던 '기'와 '고'는 각기 육사와 공사에 들어가 월남전 등에서 분투하다가 이십 대에 모두 산화하였다. 훌륭한 인재들인데 가슴 아픈 일이다. 중간에 지망을 바꾼 나는 살면서 부모님의 향년을 평균 내 보았다. 72세였다. 그 정도면 됐다고 생각하면서 살았는데 벌써 칠십 대 후반으로 넘어왔다. 부모의 향년이 자식의 수명에 미치는 영향은 3%에 불과하다고 하니 부모 수명이 자손들의 수명을 보장해 주지는 않는다.

얼마나 살 것인가? 하는 것은 아주 궁금한 일이나 정확하게 알 수 있는 길이 없다. 오십 대 초반에 '조'와 '문'이란 친구가 있었다. 하루는 '조'가 낄낄대며 진찰실로 들어왔다. 다방에서 사주와 관상을 잘 본다는 사람에게 봤는데, 본인은 72세까지 살고 '문'은 팔십을 훨씬 넘겨 살 것이라고 하면서 기뻐했다. 칠십을 넘겨 살면 많이 살았다고 생각되는 나이였다. 이십 년이나 남은 세월이 아닌가. 그 역술인이 용한 것인지 우연인지, 그는 72세에 작고하였고 '문'은 팔십을 넘겨서 살고 있다. 살면서 역술인의 말이 귀신같이 맞는 경험도 몇 번 있었다. 이들이 신들렸다고 하는 것이 정말 귀신과 통하는 것인지, 풀어보는 것이 과연 경험적이고 과학적인 통계를 응용한 것인지는 알 수 없는 노릇이다.

나라마다 평균수명이란 것이 있다. 일본은 최장수 그룹인데 남자 80세, 여자 86세 정도이고, 우리나라는 남자 77세, 여자 84세 정도이다. '지금은 100세 시대'라고 외치고 있으나 보험사들이 수익을 올리려는 수단으로 생각된다. 현재 어린이들의 기대수명은 100세를 바라볼 수 있지만, 나이 먹은 사람들은 평균수명으로 계산하고 그보다 더 살면 더 못 사는 사람분을 나누어 줘야 보험이 아닌가. 우리나라에서 평균수명을 올리려면, 세계에서 맨 앞 줄에 달리는 자살률을 줄여야 한다. 자살률을 줄이려면 염세주의로 치닫는 우울증 치료를 적극적으로 해야 된다. 치료받지 않는 우울증 환자가 상당히 많다는 것이다. 불면증이나 심한 스트레스만 있어도 정신과 상담이 필요한데, 정신과에서 한번 치료받으면 기록이 남아 정신병자 취급을 받는다고 치료를 기피하는 우리의 정서가 문제다. 바꿔야 한다.

평균수명 외에 건강수명이란 것이 있다. 질병 없이 건강하게 살 수 있는 나이를 말한다. 세계보건기구(WHO)의 발표를 보면, 우리나라는 72세, 일본이 76세 정도이다. 이 건강수명을 늘리는 것이 삶의 질을 높이는 것과 직결된다는 생각이다. 또 은퇴수명이란 것이 있는데 이것은 우리나 일본이나 건강수명에 비례한다. 간병 도움을 받으면서 사는 생활은 그다지 행복하지 않을 것이다. 회복의 희망 없이 무의식 상태에서 식물인간으로 수명을 연장하는 것을 원하는 사람도 없을 것이다. 그러기에 건강나이가 중요하다는 생각이다. 이 나이를 높이려면 정기적인 건강진단으로 질병을 미리 예방하는 길이 제일 효과적이다.

언제까지 살 것인가는 알 수 없으나, 마지막 5~10년은 직업에서 해방되어 자유롭게 살다 가겠다는 것이 평소의 바람이었다. 생을 마감할 때까지 일에 얽매여서 살았다면 너무 불쌍하지 않은가. 시간과 일에 얽매어서 하지 못했던, 하고 싶었던 일들을 하면서 인생의 마지막 장을 넘긴다면 행복한 일생이 될 것이다. 이제 우리나라 남성 평균수명을 넘고 있으니 수명에 대해서 애틋한 욕심은 없다. 할 일을 모두 마치고 가는 사람은 없다고 한다. 그것을 영국 극작가 버나드 쇼가 그의 묘비에 '우물쭈물하다가 내 이럴 줄 알았다'라고 유머러스하게 표현했다. 지금은 은퇴한 지 만 5년이 넘었다. 매일같이 행복幸福하다. 이것은 내 마음속에 있는 것이니, 매일 꺼내 본다.

아내의 입원

아내는 식도협착증(식도 무 이완증)으로 근 30년간 고생하고 있다. 마음 놓고 먹지 못하고, 음식을 삼키는 데 숨은 고생을 하는 것을 볼 때마다 측은한 생각이 든다. 인간의 오욕 중에도 식욕은 삶을 이어주는 생명줄이 아닌가. 더구나 나이 들수록 맛있는 음식 먹을 수 있다는 것은 행복이 아닌가. 지금까지 병원에 정기적으로 다니면서 치료를 받는데, 작년 하반기부터 점점 심해져서 주치의인 K 대 S 교수에게 문의해 보았다. 교수는, 협착이 심해져서 두 달 전에도 내시경 관이 통과하지 못하고 보톡스 주사만 놨다고 말하면서 어두운 표정이다. 이 병원에서의 치료는 한계에 도달한 것 같아 고민하던 중이었다.

때마침, 내과적으로 경구 내시경 근 절개술(POEM 시술)을 하고 있다는 정보를 듣고 C 병원 J 교수를 찾아갔다. 식도는 앞쪽에 기도氣道, 바로 뒤에 대동맥이 있고 폐로 둘러 싸여 있어 외과적으로는 수술하기가 아주 위험한 곳이다. 그 때문에 음식물 연하 작용이 웬만하면 지금처럼 보수적인 치료법으로 끌고 가려고 했다. 하지만 최근 수 개월간 옆에서 살펴보니, 식사 도중

슬그머니 물 컵 들고 화장실에 가는 횟수가 많아졌다. 속으로 참아내는 그 고통은 얼마나 외로운 것일까? 아무래도 좀 더 적극적인 치료가 필요하다는 결론을 내렸다. 진료를 받아보고 안전성이 확보되면 시술을 받을 생각이다. 외래 진료시 J 교수는 자기 경험을 얘기하면서 자신 있는 태도였다. 시술 전 종합 검사를 위하여 2~3일간 입원해야 한다기에 그저께 입원하였다.

20여 년 전에도 수술을 받기로 예약하고, 그전에 미국 여행을 하면서 처남 집에 들른 적이 있었다. 위험 부담이 있기에, 긴장감도 풀 겸 술을 잔뜩 먹고 거실에서 디스코 춤을 춰 버렸다. 곧바로 술도 안 먹은 아내가 치마를 펄렁거리며 캉캉 춤으로 맞받는 것이 아닌가. 수술을 앞두고 긴장하고 있는 내 속마음을 알아차렸을지 모른다. 귀국하여 수술을 받으려고 A 병원에 입원했고, 회진 때 내가 집도의인 K 교수에게 "아프지 않게 수술해 주세요" 부탁했다. 길게 부탁하면 학교 후배인 교수가 마음의 부담을 느낄까 봐 뻔한 말을 한 것이다. 그런데 수술 직전에 "그렇게 급한 수술이 아니니 퇴원하시오" 하고 퇴원 조치를 하는 게 아닌가. 아마도 보편적인 수술이 아니어서 교수도 부담을 느꼈던 것 같다.

C 병원에 입원하던 날 병원 사정으로 1인실에 들어갔고 입원료는 건강보험 적용이 안 되어, 하루에 사십여만 원씩 나온다고 했다. 지금까지 집안 살림을 모두 직접 하느라 곱던 손도 거칠어지고, 운전까지 해 주면서 뒷바라지해 온 아내는, 1인실에 입원하여 편안하고 조용한 환경에서 치료받을 만한 자격이 있다고 생각했다. 보호자 침대도 있으니 나도 옆에서 자면서, 이런 기회에 아내의 노고에 위로해 줄 기회가 되어 다행이라고. 그러나 아내는 비싼 입원실에 든 것을 못내 불편해하면서 간호사에게 다인실이 나오면 즉시 옮

거 달라고 거듭 부탁하는 것이 아닌가. 남편이 잘되었으니 신경 쓸 것 없다고 하면 보통 사람의 경우 '그래 그냥 1인실에 입원하여 편하게 치료받자' 생각하고 넘어갔을 것이다. 평생 양보만 하면서 살아온 이 여인은, 못내 신경 쓰는 눈치였다. 다음 날 저녁 5인실로 옮긴 뒤에야 안심되는 듯 얼굴이 편안해 보였다.

옮기던 날은 검사도 모두 끝난 상태이고 내일 퇴원하라는 스케줄이다. 내일 오전에 가서 퇴원 수속을 밟을 예정으로 나는 집에 와서 자기로 했다. 귀가하여 몸을 씻고 소파에 앉아 창밖을 내다보니, 고요한 밤 공원에 늘어선 가로등은 졸고 있고, 집안은 적막강산이다. 가만히 돌아본다. 아내는 수십 년간 한결같이 아침에는 나보다 한 시간 이상 일찍 일어나, 내가 깨지 않도록 조용히 아침 식사를 준비한다. 저녁에는 술 먹고 늦게 귀가하는 날에도 언제나 밝은 얼굴로 저녁식사를 차려 주었다. 내 앞에선 화장을 지운 적이 없고, 가끔 술 마시고 데리러 오라 하면, 바람처럼 달려왔다. 한 번도 소리 내어 대든 적 없었고, 내 성급한 성격에 큰 소리쳤을 때는, 말없이 눈물 지으며 앉아 있었다. 그런 사람이 지금 식도 때문에 고생을 하면서도, 입원실료 기십만 원 나오는 것을 이처럼 부담스럽게 생각한다.

헌신적으로 살아온 이 비단결 같은 사람이 너무나 안쓰러워, 눈물이 두 볼을 타고 소리 없이 흘러내린다. 늦은 밤에 카톡을 보냈다. "여보, 사랑해요, 이 세상에서 당신이 제일 중요한 사람입니다. 언제나 자신을 위하면서 살도록 하세요." 오늘 퇴원하고 귀가하는 길에, 아내가 차 안에서 조용히 말했다. "어쩌면 당신은 그런 말을 해서 사람을 눈물 나게 해요. 당신, 항상 존경하고 감사해요."

수술받은 후 건강 관리 중인 내게 남은 시간이 그렇게 길지는 않을 것 같은데, 나 없는 세상에서 이렇게 착한 사람이 어떻게 살아갈 것인가 마음속으로 걱정이다. 우리는 함께 '본죽' 집으로 가서 점심을 먹었다. 아내가 말했다. "점심값은 내가 낼게요" 내가 말했다. "그런 데 신경 쓰지 말아요" 삼 일 만에 집에 돌아오니, 활짝 핀 양란 꽃들이 두 팔을 벌리고 웃고 있었다.

기억에 남는 노래들

노래를 듣는 것은 즐거운 일이다. 술을 마시면서 노래를 들으면 행복해진다. 젊은 시절엔 거의 매일 술을 마셨고 그때마다 노래를 들었다. 카페의 스탠드에 앉아 많이 들었고, 생음악이 흐르는 카페에서는 테이블 자리에 앉아서도 들었다. 친구와 같이 가는 때도 있었고 혼자서 거기 친구들과 사귀며 마시는 때도 있었다. 〈The power of Love〉, 헬렌 피셔의 시원한 음색에 맥주는 저절로 넘어갔다.

'비봉'에 앉아 마실 때 장욱조의 〈고목나무〉를 처음 들었다. '저 산마루 깊은 밤 산새들도 잠들고'나오면 아 여기가 북한산 밑이니 분위기가 맞는구나, 생각되었고 '우뚝 선 고목이 달빛 아래 외롭네' 하면 나도 외로워서 술을 퍼마셨다. 자원하여 음악을 담당하던 박 선생이 여진의 〈그리움만 쌓이네〉를 들어보라며 처음 틀어줄 때는 실연 당한 여인의 아픈 마음과 가슴에 남아 있는 애잔한 그리움에 아낌없는 동정을 보내면서 한없이 마셔댔다.

이촌동 한강맨션 일층 카페에서 노래 부르던 재미동포 가수 칸초네 여인을 비봉으로 동반하여, 기타 반주로 상송, 칸초네 음악을 들을 때는 행복했다. 무슨 노래인지 잘 알지도 못했고 그냥 들어보던 음악이라 즐겁게 들었다. 그녀가 떠나버린 지금, 이 글을 쓰려고 찾아보니 〈마음은 집시(Nada)〉란 노래다. 즐겁고 행복한 노래가 아니다. 그녀는 노래에서 슬픔을 목 끝으로 밀어 올리고 있었다. '마음 깊은 곳에 상처를 입었다'고, '슬프고 슬펐다'고, '아무 일 아니라고 말했지만 그것은 거짓말이었다'고. 왜 그때 마음을 활짝 열고 안아 주지 못했을까. 이촌동 한강 카페에 다른 여자 데리고 오지 말라고 조용히 말하던 속마음을 왜 몰랐을까.

친구 K가 부르던 윤시내의 〈열애〉도 잊지 못할 노래이다. 강남의 피아노 라이브 바 U에 단골로 다닐 때, 분위기가 잡히면 그는 이 노래를 자주 불렀다. '처음엔 마음을 스치고 지나가는 바람인 줄 알았는데'라고 속삭이듯 저음으로 나오는 랩rap을 들을 때부터 예사롭지 않다. '이 생명 다하도록, 태워도 태워도 재가 되지 않는 불꽃을 태우리라'고 성악가 이상의 성량으로 절규한다. 홀 안에 있던 손님들의 박수가 쏟아진다. 얼마나 남김 없는 사랑인가. 평생 이런 사랑 한 번 못해보는 사람이 얼마나 많은가. 그의 노래는 밤중에 그룹 총수의 국제전화를 받으면 다음 날 비행기 편으로 공수되기도 했다.

봉천동 병원에 찾아온 고교 동기들을 생음악 시설이 있는 술집에 몰고 갔다. 고교 훈장인 L 군이 마이크를 잡고 노래를 부른다. '사노라면 언젠가는 좋을 때도 올 테지' 그렇고말고, '새파랗게 젊다는 게 한밑천인데' 맞는 말이고 말고, '내일은 해가 뜬다 내일은 해가 뜬다' 역시 교육자답게 학생들에게 용기를 주는 희망찬 노래구나. 우렁찬 저음으로 부르던 그의 '사노라면'이란 노래가 지금도 가슴에 맴돈다.

노래가 있어 인생이 행복하고 노래 때문에 슬퍼진다. 친구 L 선생은 오랜

기간 병석에 누워 있고, K 사장도 요양원에 장기 입원 중이다. 노래는 부르는 사람에 따라 각기 색깔이 다르다. 이들이 부르던 '열애'나 '사노라면'은 이제 다시 들어 볼 수 없을 것이다. 지난 세월 노래에 얽힌 친구들과의 잊히지 않는 추억을 더듬어 보는데, 창밖에는 고고하고 눈부신 순백의 목련이 소리 없이 지고 있었다.

이별 여행

　　　　　벼르던 이별여행을 떠난다. 살아 있을 동안 꼭 해보고
싶은 일들 중 한 가지이다. 이것을 '버킷 리스트'라 부른다고 한다. 갈 날이 그
리 멀리 남아있지 않을 것 같기에, 이별 연습을 해보려는 것이다. 언제부터인
가 well dying 트렌드가 확산되고, 은퇴 이후의 삶을 구상構想하면서 생긴 일
들인 것 같다. 여행지는 남쪽 바다 여수로 정했다.

　사랑은 인생보다 길고 추억보다는 짧다고 생각되기에, 사랑의 감정이 희
미해질 때 아름다운 추억으로 남을 수 있도록 추억 만들기로 떠나는 것이다.
광명역으로 ktx 열차를 타러 가는 길에 운전하던 아내는 평소와 달리 역으
로 빠지는 길을 놓쳤다. "무슨 생각을 하기에 길을 놓치나?"하고 물으니 "당
신이 없으면 이런 여행도 못 다니겠구나 생각하고 있다가 길을 놓쳤다"라고
한다. 마음이 아플 가봐 아무말도 않고 떠난 여행인데 벌써 알아챈 모양이다.
여수 엑스포 역까지는 세 시간 만에 도착하였다. 기차를 타 본 것이 언제인
지 까마득하다. 옛날처럼 차창 밖으로 평화스러운 농촌 풍경과 아름다운 산
천들을 감상할 수 있을 줄 알았는데, KTX는 터널과 방음벽들을 많이 만들어

풍경을 감상하는 시간이 아쉬웠다.

여수의 해상 케이블카를 타고 돌산공원을 오가면서, 하늘과 맞닿아 있는 남해의 푸른 바다를 바라보며 우리는 손을 꼭 잡고 다녔다. "날 만나서 고생 많이 했소, 고마워"라고 말하니 "당신 만나서 호강하고 잘살고 있지요"라고 대답한다. 그렇게 생각해 주니 더욱 고마울 따름이다. 그 긴 세월 불평 없이 뒷바라지해주고 식사 준비하랴, 운전하랴 비서처럼 돌봐주는 일들이, 같이 늙어가는 처지에 힘들 것이다. 저 멀리 바다 위로 떠오르는 아침 해가 찬란하게 호텔 방 창으로 들어온다. 곤하게 자는 아내를 깨울 수가 없었다. 일어난 뒤에 사진을 보여주니 왜 깨우지 그랬느냐고, 해를 보고 빌 것이 있었다고 한다. 무엇을 빌고 싶었을까.

약한 체질에 몸이 불편할 때도 내색 한번 하지 않고 내조하는 것을 볼 때 불쌍하다는 생각이 문득 든다. 집에서는 아침 일곱 시면 정확하게 일어나던 사람이 여기서는 해가 중천에 오르도록 코를 골며 맛있게 잔다. 항상 긴장하고 지냈을 것이라 생각하니, 또 미안하다. 집에서 코를 골면 살짝 옆으로 뉘었는데, 여기서는 음악 소리로 들리는 것은 무슨 조화일까. 오래전 어느 결혼식장에서 유명 학자가 주례를 설 때 '측은지심으로 살라'고 강조하는 것을 듣고, '신혼부부에게 어울리지 않게 웬 측은지심?' 하고 생각했던 것이 이제 이해가 된다. 남녀가 만나서 어느덧 사랑이 식어갈 때, '이 넓은 세상에서 가엾은 이 사람을 보호해줄 사람은 나밖에 없구나'라고 생각한다면, 무슨 마찰이 있어도 끌어안게 되리라.

엠블 호텔은 뷔페식당에서도, 사우나 탕에서도 넓은 창 너머로 푸른 바다가 펼쳐지고 유람선이 한가롭다. 귀가하는 날, 남은 기차시간이 있어 엑스포

역에서 가까운 스카이 타워 전망대에 올랐다. 엑스포 전경이 한눈에 들어오고 전날 손잡고 걸었던 오동도 흰 등대가 평화롭게 다가온다. 우리는 커피잔을 앞에 두고 살아온 길을 더듬어 보았다. 일행이 딸리거나 일정이 정해진 해외여행도 아니고, 인생의 마지막까지 함께할 두 사람만의 한가로운 여행은, 서로를 깊게 이해할 수 있는 기회였다. 국내 최대의 수족관이라는 아쿠아리움에서 장수의 상징인 거북이 나타나면 그를 배경으로 내 사진을 자꾸 찍던 아내의 마음이 가슴에 남는다. 광명역에서 돌아오는 길 차창으로, 저 멀리 오월의 아카시 꽃이 마치 흰 눈이 쌓인 것처럼 하얗게 피어있었다.

풀리지 않는 김은 긴에게 끝없이 붙어붙 착정이다.

돌팔이 행진곡

귀신들이 떠나지 않게

한국의료 반세기

의료 실수한 이야기

다른 의사에게 소개한 환자들

의사들의 일생

의사는 당신에게 귀 기울였나요?

건강 염려증

강의 유감

신촌에서 봉천동까지

어디서 본 듯한

겁 없던 외과의 시절

가난한 화가의 그림 두 점

2부

신촌에서 봉천동까지

돌팔이 행진곡

그날 오는 환자 중에는 급성 충수염(맹장염) 환자가 많았다. 전공의 2년 차 시절, 일주일에 3일은 나의 수련병원 당직을 서고, 3일은 독립문 근처에 있는 한격*병원에 아르바이트로 야간 당직을 나갔다. 한격* 선생님은 의학부 출신으로 나의 대선배이셨고 S 의대 교수를 거쳐 그곳에 개업하면서 서울시 의사회장, 대한의사협회장 등의 일로 바쁜 관계로 환자 진료는 시간 될 때 가끔씩 보시곤 하였다.

나는 거기서 야간 당직을 하면서 외래 환자도 보고 수술할 환자 있으면 수술도 했는데, 그날 저녁은 환자를 진찰해보니 급성 충수염 환자가 5명이나 되었다. 모두 입원시킨 후 차례로 수술을 하였다. 밤새워 3명을 수술한 후 다음 환자 수술을 하려고 준비하는데, 한 선배님이 삼청공원에 새벽 산책을 마치고 병원에 들르셨다. 진행 사항을 들으신 후 남은 환자를 직접 진찰하고 나오신 선배님은 "나머지는 수술 안 해도 된다"라고 조용히 일러주셨다. 그럼 수술한 환자들도 안 해도 되는 환자들이었나. 맥이 풀리는 일이었다.

의대 6년 중에 본과 3, 4학년은 임상의학을 배우고, 인턴을 거쳐 전공의 2

년차까지 배우고 닦은 실력이 이 정도란 말인가. 분명 급성 충수염으로 진단하기에 충분한 증상들이 모두 나타난 환자들이었다. 그러나 의학은 경험 과학이 아니던가. 일반외과계 전공이시고 더 많은 경험을 가진 선배의 판단이 맞을 것이다. 나는 돌팔이가 되어 좀 더 겸손하게 열심히 배우는 계기가 되었다. 그 시절 미국 이민 가는 사람 중에는, 미국에는 의료비가 비싸다고 여기서 멀쩡한 맹장을 떼고 가는 사람들도 있었으니 그렇게 스스로 위안을 삼고 지나갔다.

전공의 4년 차 때는 경남 합천군 덕곡면으로 6개월간 무의촌 진료를 나갔다. 합천 보건소에 파견 전공의들과 함께 처음 도착했을 때, 보건소장이 군軍에서 같이 근무하던 학교 후배 정 대위였다. 그는 "선배님 웬 일이십니꺼 여기 계실 동안 보건소장 용으로 나온 이 오토바이를 형님이 사용하이소" 근처 학교 운동장으로 끌고 가 타는 법을 간단히 가르쳐주었다. 내 근무지로 끌고 오면서 저 앞에 차가 오면 미리 내려서 기다렸다 다시 타고 오고, 이렇게 촌스러운 짓 해가면서 가져온 것인데 나중에는 그걸 타고 산고개를 넘어 해인사까지 다녔고, 창녕에 파견된 친구도 찾아가는 요긴한 교통수단이 되었다.

하루는 윗마을 학교 전前 교장 선생님의 중학교 2학년 아들이 배가 아프다고 찾아왔는데, 진찰해 보니 급성 충수염이었다. 면 단위의 보건지소이기 때문에 마취의가 없는 것은 물론이고 소독시설도 물을 붓고 끓여서 증기로 하는 정도였다. 수술 장갑도 설거지 장갑처럼 손에 잘 맞지도 않았다. 하루에 버스가 한번 배를 타고 낙동강 상류를 건너 들어오는 형편에 대구로 이송하려면 맹장이 천공되어 복막염이 될 형편이다. 더 지체할 수 없어 전공의 때 아르바이트 하면서 한 선배님에게 배운 대로 국소 마취하에 수술을 하기로 결정하고 면사무소에 근무하는 보건원 한 명을 불러 조수로 삼고 수술을 시작하였다.

국소 마취이다 보니 통증이 남아서 환자는 아프다고 고래고래 소리를 지르고, 나는 참으라고 소리를 지르면서 수술이 끝났다. 밖에서는 사람들이 한 무리 모여서 '이거 사람 잡는다'고 수술실로 들어오려는 것을 농협 직원 한 분이 '그래도 명문 대학 출신인데 믿어 보자'고 달랬다고 한다. 수술을 끝내고 윗동네 학교 운동장에 가서 오토바이 타는 연습을 하는데 교무실에서 선생님이 나오시더니 "수고하셨습니다. 수술을 잘 끝내셨다고요?"라고 말했다. 나는 이렇게 빨리 소문이 전해졌나 놀랐다. 이제는 돌팔이를 면한 느낌이었다.

무의촌 근무가 거의 끝나갈 무렵, 한밤중에 윗 동네에서 산모를 봐달라고 했다. 정형외과인 내게 제일 겁나는 환자가 산모다. 밤중에 오토바이를 타고 신속하게 달려가서, 인턴 때 산모 받던 실력을 동원하여 아기를 무사히 받아냈다. 그리고 동네 앞에 있는 가게에서 술대접도 받고 돌아왔다. 며칠 뒤 장날, 보호자가 외상이었던 출산비를 가지고 보건 지소로 왔다. "아기는 건강하지요?" 나의 물음에 그는 담담한 표정으로 "아기는 갔어요". 왜 그랬는지 자초지종을 물어볼 엄두가 나지 않았다. 나는 조용히 아기의 명복을 빌었다.

귀신들이 떠나지 않게

40여 년의 의사 생활을 돌이켜 보면, 보람 있는 일들도, 회한으로 남는 일들도 많다. 그중에는 잊히지 않는 환자들이 있다.

그 학생 환자를 처음 본 것은 1973년 내가 전공의 4년 차, 수석 전공의에 올라간 학기 초 봄날이었다. 화사한 봄날과 어울리지 않게 환자는 뼈와 가죽만 남은 그리고 하반신이 완전히 마비된 창백한 상태로 입원실 침대에 누워 있었다. 고등학교 2학년이라 했다. 얼핏 보아서는 초등학교 5~6학년 정도의 체구로 보였다.

종합병원에서 수석 전공의라 하면 위로 선배 스태프님 모시고 아래로는 인턴 및 1, 2, 3년 차 전공의들과 실습 학생들을 모두 지휘 통솔하는 의국장 역할을 하는 막강한 자리였다. 그날은 내 주관의 회진이었는데 그의 어머니는 강원도 산골에서 왔다고, 이렇게 아픈 이유를 모르겠다고, 그리고 치료비가 많이 들면 경제적으로 감당할 수 없다고 했다. 그의 병명이 척추 결핵으로 척추신경이 눌려 마비된 상태라는 것을 밝히는 데는 하루이틀밖에 걸리지 않았다. 문제는 치료비였는데, 궁리 끝에 병원에서 운영하던 무료병동을

이용하기로 하였다. 현재까지 나온 치료비 삼만 원을 빨리 납부하도록 한 후 무료 병실로 옮겼다

이 환자의 수술 스케줄을 잡으면서 교과서는 물론 최신 저널까지 샅샅이 섭렵하고 또 서울 시내 각 대학 정형외과 교수들과 전공의들이 모두 참석하는 X-Ray 콘퍼런스에도 올려 의견을 들은 후 수술을 하였다. 수술 다음 날 아침 집담회에서, 회진 전에 미리 환자를 둘러보고 회진 때 브리핑하려던 인턴이 "어제 그 환자 아침 일찍 가 보니 발가락을 움직이던데요". 라고 말한다. 나는 "결과는 좋을 것이다. 그러나 그렇게 빨리 회복되지는 못할걸". 반신반의하면서 회진을 올라가 보니 정말 발가락을 조금씩 움직이고 있었다.

그 직후 나는 경남 합천으로 무의촌 근무를 떠났고, 그 학생은 두 달 후 크럿치를 짚고 퇴원하였다는 소식을 들었다. 눈이 펄펄 내리던 그해 크리스마스의 겨울날, 강원도에서 송달된 낯선 카드 한 장을 받았다. 그리고 3년 후 내가 병원 스태프가 되어 있을 때, 외래에 씨름 선수 같은 건장한 청년이 나타났다. 병무 관계로, 수술받았다는 진단서가 필요하다고 했다. 의사 생활 중에 이렇게 흐뭇한 일만 있으면 얼마나 행복할까.

전문의 취득 후 종합병원 부과장으로 근무할 때 일이다. 영국 국비 장학금으로 옥스퍼드에 유학하기로 거의 결정되면서 마지막 기념 수술을 서울대 이덕O 교수님을 모셔다 같이 고관절 전치환술을 하였는데, 퇴근 후 응급 콜이 왔다. 우리나라에 고관절 전치환술이 도입되던 초기였다. 가 보니 체력이 넘치던 환자는 인공호흡기에 의지한 상태였다. 1975년경 전국을 강타했던 혈액 오염 사건이었다. 오염된 혈액이 사망 원인이었다. 오염된 혈액을 공급했던 ＊＊양행은 문을 닫았고 약사는 구속되었다. 사건이 오래 걸리면서 나는

참고인으로 나가야 했기에, 유학은 없었다. 수술 후 처음 사망 환자였다. 그 날 밤새도록 나는 고뇌에 빠져 괴로웠고, 지금도 그 생각만 하면 가슴이 아프다.

한 번은 60대 후반의 점잖은 환자가 입원하였는데, 은퇴하신 초등학교 교감 선생님이라 하였다. 검사 결과 척추 결핵으로 진단을 내린 후, 흉추 상부이기 때문에 갈비 한대 자르고 심장을 한 옆으로 젖히면서 척추 전방 유합술을 시행하였다. 일주일 후 나온 조직 검사는 전이 암이었다. 그 시절에는 암이라면 사형 선고나 마찬가지였으니 가족들도 별 항의 없이 지났다. 그러나 중환자실에서 하루하루 죽음으로 다가가는 환자와 그 가족들을 보는 주치의인 나는 얼마나 괴로운 일이었나. 더구나 그 가족들은 내가 환자를 정성껏 돌보는 까닭인지 오히려 나를 위로하고 고맙다고 인사까지 하니 더욱 미안했던 기억이다

어렸을 때 선친께서 하신 말씀이 생각난다. 귀신 볼 줄 아는 어느 효자가 자기 아버지 병환을 봐줄 의원醫員을 찾고 있었다. 뒤에 귀신이 제일 많이 따라다니는 의원을 선택하여 데리고 가더라. 그만큼 경험이 많은 의원을 선택하였다는 말이니 일리가 있다고 생각되었다. 현대 의학이 아무리 첨단을 걸어도 의사의 개인 경험을 가볍게 볼 수 없으리라. 요즘은 의사 선생님들이 진료 할 때 환자 얼굴 대신에 컴퓨터 모니터 만 보면서 검사결과에 만 집중해서 진료를 하는 것 같아 안타깝다. 의사 대 환자의 관계doctor to patient relationship가 원만해야 서로 믿음이 쌓이고 치료 효과도 높일 수 있다고 생각된다. 그러자면 얼굴도 보고, 만져도 보고(촉진) 들어도 보고(청진) 해야 될 것 아닌가.

실제로 얼굴을 잘 들여다보면 소위 '죽음의 그림자grimace'도 볼 수 있다. 진료현장에서 이 그림자를 보고 서둘러 종합 병원에 이송함으로써 위기를 넘긴 경험이 몇 번 있다. 가만히 생각해 본다. 우리 육신肉身에서 귀신(영혼)만 떠나면 죽는 것 아닌가. 잘 잡아 둬야겠다. 귀신들이 떠나지 않게.

한국의료 반세기

- 놀라운 변화

우리나라 현대 의학 수준이 세계 일류국가들에 조금도 뒤지지 않는다는 사실은 다행스러운 일이다. 반세기 전만 해도 우리는 의료 후진국이었다. 의대 본과 3학년이던 1963년 여름방학에 무의촌으로 의료봉사를 갔다. 몇 팀으로 나눠서 가는데 우리 팀은 학생 8명에 지도교수 두 분과 같이 남해도로 갔었다. 진료실로 꾸민 초등학교 교실에는 첫날부터 주민들이 구름처럼 몰려왔다. 우리 학생들이 예진豫診을 시작하였다. 내 앞에 처음 앉은 환자는 할머니였는데 "어디가 아파서 오셨어요?" 물어도 아무 대답이 없다. 이윽고 "마차 보소" 하면서 입을 꼭 다무는 것이 아닌가. 서울에서 용한 의사들이 왔다고 하니, 가만있어도 알아맞혀 진단하고 치료해 주는 것으로 알았던 것이다. 그 시절엔 일 년에 의대 졸업생이 600명 정도였고, 의사에게 진찰받아 볼 기회가 별로 없었던 시절이었다

졸업 후 경복궁 옆 수도 육군병원에서 군의관으로 근무할 때였다. 퇴근 후 집으로 가는 길에 용산 시장 안에 있던 '호박집'이라는 선술집에 들러, 혼자서 이런저런 생각하면서 막걸리를 마시고 집에 들어가곤 했다. 그 집에서 자

61

주 만나게 되는 어른이 한 분 있었다. 그분은 항상 몇 명의 일행과 함께였는데 하루는 내게 말을 건네며 합석을 권했다. "무슨 젊은이가 술을 그렇게 점잖게 마시나? 오늘은 우리 같이 한잔합시다" 사귄 지 얼마 되지 않아서 그가 용산 철도기지창 창장이라는 것, 그의 집에는 연세가 많으신 노모가 오래 편찮으시다는 것들을 알게 되었다.

하루는 그가 나에게 왕진을 청하였다. 아무 준비가 없다 하니 '괜찮으니 가서 진찰만 해 달라'는 것이다. 노모의 배를 자세히 만져보니 덩어리가 촉진되었다. 위암이 의심된다는 말에, 그는 그럴 줄 알았다는 듯 체념하는 표정을 지었다. 그 시절엔 암이라 하면 사형선고였고 건강보험도 없던 시절이었다. 치료 불가능한 질병 앞에 한계를 느끼고 좌절한 첫 경험이었다.

월남전에 다녀와서 경북 봉화에서 유격대 군의관으로 근무할 때였다. 하루는 깊은 산골에 산다는 오십대 초반쯤 되는 민간인이, 오래 아파 누워 계신다는 그의 아버지 왕진을 청했다. 의사라는 사명감으로 찌는 여름 고생하면서 깊은 산속으로 왕진을 갔었다. 진찰이 끝나자, 그들은 산속에서 구하기 힘든 콜라와 사이다를 한 병씩을 샘물 가 다라이에 시원하게 담가 놓았다가 공손하게 권하면서 말했다. "저희들은 이제 아버지가 돌아가셔도 아무 여한이 없습니다. 의사 선생님 청진기 진찰까지 받았으니까요." 이들을 부대까지 데리고 와서 약을 정성껏 지어 주었다. 외떨어진 산속에 사는 환자 가족들에게 마음의 위로를 주었다는 생각에 의사로서의 보람을 느꼈다.

우리나라에 의료보험 제도가 시행된 것이 1977년 7월 1일이었다. 이 제도가 자리 잡으면서, 환자도 살고 의사도 살게 되었다고 생각된다. 이 제도가 없었다면 의사는 파리 날리면서 굶었을 것이고, 환자는 아프면서 죽어 갔을 것이다. 오늘날 건강보험 제도가 비교적 성공적으로 정착되는 바람에 병원의 문턱이 낮아지고 가난한 서민들도 현대 의학의 혜택을 어려움 없이 받게 된 것은 축복받을 일이다. 또 한 가지 달라진 것은 옛날에는 자기 병에 명의 名醫를 찾아 헤매었으나, 요즘 종합병원에 가면 세부 전공의가 있어 자동적으로 그 병에 해당되는 명의 앞으로 안내된다는 것이다.

건강보험을 일부 본인 부담금제로 만든 것도 우리 실정에 잘 맞는 구조라 생각된다. 유럽처럼 전액 무료일 경우 보험료 부담이 많아질 것이며, 병원 이용횟수도 필요 이상으로 늘어날 가능성이 있다. 반면, 우리의 건강보험 제도에도 개선할 것은 많다. 우선 의료비 지출을 절약하기 위하여 무리하게 의료수가를 억눌러 놓았다. 그 결과 병의원에서는 운영을 하기 위하여 과잉진료를 하는 경우도 생긴다.

우리의 현대의학이 세계 일류국가 수준으로 평가되는 것은 '미네소타 프로젝트' 때문이다. 이것은 1955년 미국이 전란으로 폐허가 된 한국을 원조하기 위한 교육 지원 사업이었다. 이 프로젝트를 통해 77명의 의사를 포함한 총 226명의 서울대 농, 공, 의학 교수가 미네소타 주립대학에서 길게는 4년간 연수를 받았다. 이것이 오늘 한국 의학 발전의 초석이 되었다. 내가 의대 본과에 올라간 60년대 초부터 미국에서 공부를 마친 교수들이 속속 귀국하여 학생 교육을 담당하였다. 반세기가 지난 현재는 한국판 미네소타 프로젝트들이 아시아 저 개발국을 상대로 진행 중이고, 때로는 미국 유럽 일본에서도, 분야에 따라 벤치마킹하러 찾아오는 정도가 되었다.

어렸을 때, 찾아갈 병의원이 없어서 칼에 베면 상처에 흙을바르고, 소량의 휘발유를 구충제로 마시고, 몸에 종기가 나면 고약을 바르거나 어머니가 입으로 빨아내던 시절에서, 신장이나 간 등 장기臟器들도 못 쓰게 되면 이식移植하는 시대로 변하였고, 암癌이 무엇인지 모르고 사형 선고로만 여기던 시절에서 이제 암도 함께 살아가는 시대로 바뀌었으니 격세지감이 아닌가.

　최근에는 다빈치 로봇 수술을 각 과에서 많이 하려는 경향이 있다. 신체를 많이 절개하지 않기 때문에 회복이 빠르고 체력적인 부담이 적어서 노약자나 특수한 경우에는 유효한 치료법이 될 수 있겠다. 그러나 고가의 치료비에 비하면 아직까지는 기존의 수술법보다 특별히 이점이 있다고 말할 수 있는 단계는 아니다. 요즘 '알파고'가 세계 최고수 바둑을 이기고 있으니, 앞으로는 이 인공지능 로봇의 발달과 함께 로봇 수술도 훨씬 정교하게 발전하리라 예견해 본다.

의료 실수한 이야기

　　　　　　　사람이 자만하면 실수하게 되는가 보다. 1987년 가을 봉천동 S대 입구역 사거리 근방에 벼르던 내 건물을 짓고 개업을 옮겨왔다. 하루는 잠실에 사는 인상 좋고 순하게 생긴 40대 아주머니가 내원하였다. 멀리서 어떻게 오셨느냐고 물어보았다. 이 동네 사는 친구가 소개해 줘서 왔다고 했다. 진찰해보니 오른쪽 무릎 밑, 종아리 외측 상부에 생긴 양성 종양이었다. 떼 내기로 했다.

　젊은 시절에는 대 수술도 많이 했으나, 오십 대 중반을 넘으면서 시력이 떨어져 이제 국소 마취로 양성종양 적출술 정도만 하던 때였다. 전신마취하에 하는 대수술은 상처 깊은 곳에서 흐르는 출혈을 재빨리 잡아야 하는데 시력이 떨어지면 그것이 어려워지기 때문이다. 국소마취하에 종양 부위를 예쁘게 절개하고 보니 피부밑에 체리만 한 종양이 나왔다. 떼 내려고 박리하는 중에 신경 가닥이 위아래로 연결되어 있는 것을 발견하였다. 이것이 이 위치에 있을 법 한 비골 신경이 아닌가?. 종양을 떼내지 않고 조직 일부만 떼어 조직 검사 보내고 그대로 닫으려고 했다.

다음 순간 머리를 스치는 생각이 있었다. 국소마취하에 하는 소 수술을 나보다 더 깔끔하게 하는 의사는 없을 것이라는 평소의 자만심, 전문의 시험에 수석을 한 내가 아니냐,라는 자부심이었다. 수술을 강행하였다. 비골 신경이 이렇게 가늘지는 않을 것이다 생각하고 신경 가닥과 함께 종양을 깨끗하게 적출했다. 수술이 끝나고 환자가 일어서면서 "발목이 안 올라가네요"한다. 이 한마디에 눈앞이 캄캄해졌다. 크럿치를 짚고 경과를 보자 하고 귀가시켰다.

조직 검사만 먼저 하고 그 결과를 본 후 2차적으로 수술을 했어야 했다. 2차 수술 시에도 '종양 적출 시에는 신경조직을 손상받을 수 있다'는 등의 사전 설명을 한 후에 수술을 해야 한다. 이것이 의사가 환자 측에게 해야 하는 설명의무이다. 환자의 알 권리를 보장한다는 의미로 법적으로도 중요하게 다루어진다. 이런 사정에도 불구하고 일 순간의 자만심으로 내 소신껏 수술을 강행하였으니 후회막급이었다.

일주일 후에 나온 조직 검사는 신경초종이다. 비골신경 가지에 생긴 것이다. 환자에게 연락해 보니 영동 S 병원에 입원하였다고 한다. 약속된 시간에 찾아가 담당 M 교수를 만났다. 그는 재활의학계에 저명한 의사였고, 검사 결과 재활치료로 회복될 것이라고 안심을 시켜주었다. 그러나 완벽주의자였던 나는 그 말을 꼭 믿을 수가 없었고 잠이 오지 않았다.

수일간 고민 끝에 접합 수술에 국제적으로 유명한 K 대학 Y 교수를 찾아가 상의하였다. 그는 같은 대학 동문으로 항상 따뜻하게 도움을 주는 분이다. 여기서 신경 재건술을 하는 것이 좋겠다는 결론을 얻었다. 결국 환자를 설득하여 K 대학병원으로 옮겨 신경 이식술을 받았다. 환자는 따지려는 말이나 원망하는 눈치는 전혀 없이 순순히 응하였다.

회복되는 동안에 저쪽에서는 합의를 요구해 왔다. 환자 보호자는 이성적이었고, '신경에 생긴 종양이라 떼려면 신경을 다치게 되어있다. 유명한 교수가 신경 이식 수술을 했으니 결과는 좋을 것이다'라는 나의 설득에 합리적인 선에서 합의는 이루어졌다

일 년쯤 지난 후 인천에 산다는 그 환자의 오빠가 병원에 들렀다. 요통으로 치료받으러 왔다고 한다. 그 환자의 경과를 물으니 웃는다. "요즘은 시장도 잘 다녀요"라고 한다. 이 사람은 아마도 나에게 이 소식을 전해 주려고 일부러 왔는지도 모른다. 마음이 편안해졌다

2년 후쯤 모교 주임 교수였던 H 교수님의 장례식장에서 만난 Y 교수가 그 환자의 경과를 묻는다. 들은 대로 말해 주었다. 그는 특유한 어린이 같은 미소를 띠면서 "공연히 돈만 주지 않았나요?". 나도 웃었다. 마음속으로는 '경솔한 자만심自慢心에 대한 죗값이었습니다' 라고 말하고 있었다. 의사는 질병을 대할 때 언제나 겸손한 자세로 환자의 입장에서 신중하고 안전하게 처리해야 한다는 교훈을 다시 한번 뼈저리게 느끼는 경험이었다.

다른 의사에게 소개한 환자들

의사 생활을 하면서 다른 의사에게 환자를 소개하는 일은 아주 흔한 일이다. 대개 개인 의원을 하면서 종합병원으로 소개하게 된다. 개원하면서 서울대, 서울성모, 삼성, 아산병원 등 유수한 종합 병원들과는 진료협력 관계를 맺어 환자를 보냈다. 소개할 때는 협력 센터를 통하여 가장 적합한 의사에게 신속하게 예약까지 해줘야 마음이 편했다. 이렇게 소개한 환자 중에 특별히 기억에 남는 사람들이 있다.

1990년대 초 건장한 체격의 고2 학생이 찾아왔다. 공주고 야구 선수라 하며 아버지와 코치가 동행하였다. 이름은 박찬호라 했다. 아마도 선배가 하는 정형외과를 찾아온 것 같았다. 우측 팔꿈치에 통증을 호소하는데 엑스레이를 찍어보니 퇴행성 골 변화가 심하다. "유망한 선수이니 잘 좀 봐주십시오"라고 코치가 말했다. 생각 끝에 스포츠 의학계의 거두인 경찰병원 하권익 과장에게 소개하였다. 하 선배로부터 전화가 왔다. "여보 이거 당신이 하지 왜 보냈어? 드릴로 구멍 두 개만 뚫어주면 돼"라는 선배의 말에, 우리 모교의 유망한 선수이니 수술 잘 해달라고 부탁했다.

수년이 지난 후 추석 무렵, 외출에서 돌아오니 간호사가 "원장님께 드리라고 누가 이것을 가져왔는데요"라면서 조그만 물건을 내밀었다. 풀어보니 L.A.다저스 박찬호 싸인볼이었다. 그의 아버지가 가져온 것이다. 여러 해가 지나 이제 국민적인 성원을 받으며 유명세를 타는 위치에서, 오래전에 조그만 도움을 받은 사실을 잊지 않고 있다는 것은 어려운 일이다. 아내는 그 볼을 가져다가 유리관까지 만들어 왔다. 얼마 후 하 선배를 만났다. 그에게도 싸인볼이 왔는가고 물어보니 안 왔다고 했다. 내 것을 드리겠다고 약속을 했으나 아내가 허락하지 않아 약속을 못 지켰다. 그런 것에 집착하는 아내가 마땅치는 않았으나, 식구의 뜻을 들어주고 집안이 편안한 것이 선배와의 약속보다 중요하지 싶었다.

1995년경, 아내 후배 되시는 분들과 부부 동반하여 외국 여행도 다니고 잘 어울렸다. 그중에 K 방송국 제작국에서 드라마 제작에 뛰어난 실력을 발휘하고 있던 C 국장이 있었다. 어느 날 그에게 청천벽력 같은 간암 진단이 떨어졌다. 직경 5cm 크기의 간암이 발견되었고 병원에서 희망이 없다고 했다 한다. 그를 살리기 위한 멤버들이 결성되었다고 하나, 거기에 나설 염치가 없었다. 그와 둘이서 양주를 두 병도 더 마시고 비틀거린 지가 두 달도 안 되었기 때문이다. 그들이 하는 경과를 지켜보았다. 방송국에서는 제일 믿었던 후배 직원들이 오히려 나쁜 소문을 퍼뜨리고 다니는 것이 가슴 아프다고 했다

이제는 외국에 가서 간 이식을 받는 수밖에 없다는 결론이었다. 모두가 절망하고 있는 중에 가만히 제안하였다. "한국에서 간을 제일 잘 다스리는 의사 세 명을 소개할 터이니 진료받아 보라"고. 삼성의료원을 거쳐 두 번째 간 곳이 아산병원 이승규 교수였다. 동기인 내과 과장 민 교수를 통하여 바로

진료받도록 하였고, 환자와 가족들이 흡족하게 생각하여 여기서 수술받았다. 설명을 듣자 바로 믿음이 왔다는 것이다. 그 부인이 워낙 가까운 후배이기에 아내도 함께 다녔다. 이 교수는 간 수술에서 세계적으로 유명한 인물이다. 암이 있는 간엽을 주사로 줄이고 건강한 간엽은 키운 후, 2주 후에 줄어든 간엽을 떼어 냈다고 한다. 다시 건강을 되찾은 C 국장은 방송국에서 정년퇴임 한 후 대학에서 후학들을 지도하였다. 어저께는 수술받은 지 이십 년이 넘었다고 장기간 해외여행을 다녀왔다. 그는 수술받은 후 지금까지도 철저하게 건강관리를 하고 있다.

2000년도 초에는 한의원을 하는 집안 조카 송 군이 직장암 진단을 받고 상의해 왔다. 동기인 경희대 외과 윤 교수에게 소개하였다. 윤 교수에게서 전화가 왔다. "암 종괴로 꽉 막혀 바로 수술을 못하고, 방사선 치료 2주 한 후에 다시 보니 종양이 확 줄어들어 깨끗이 수술할 수 있었다"고했다. 그 후 모임에서 송 군을 만났는데 수술받은 지가 5년이 넘어 완치된 것이라고 하면서 술을 많이 마셨다. 속으로 걱정되었으나 그 시절에는 5년이 넘으면 완치로 여겼던 때였다. 몇 년 후 그는 재발하여 작고 하였다. 지금도 5년이 넘으면 완치로 간주하나, 5년 이후에도 종종 재발하는 일이 있다.

건강은 건강할 때 지키라는 말이 있다. 위에 말한 C 국장과 송 군의 경우에서 비교되는 바와 같이, 건강관리는 소홀히 하면 안 된다. 암 치료는 5년이 넘었다고 완치라생각하지 말고 끝까지 관리하는 것이 현명한 생각이다. 환자를 직접 치료하여 완쾌 시키는 것도 물론 기쁘지만, 병에 적합한 의사를 소개하여 완치 되도록 도와주는 일도 의업에 종사하면서 보람을 느끼는 일임에 틀림이 없다.

의사들의 일생

세상에는 수많은 직업이 있다. 그중에서 직업을 의사로 선택한 사람들의 삶을 들여다본다. 고교를 졸업하고 의대에 입학한 후 느끼는 감정과 세월이 흘러가면서 변하는 의사들의 삶에 대한 이야기이다.

누구나 고교 졸업반이 되면 의젓한 예비 성인이 되는 기분을 느낄 것이다. 그 후 대학 일학년이 되면 선배들 밑에서 다시 어려지고, 졸업 때가 되면 어른이 되는 느낌을 받는다. 이 과정이 의대에서는 더 있다. 예과 2년이 있기 때문이다. 그뿐 아니라 인턴으로 들어갈 때는 어려지고, 그 과정을 마칠 때는 어른, 다시 레지던트 1년 차에는 어린이, 4년 차 마칠 때는 다시 어른이 되기를 반복한다. 다른 직업에 비해 그런 과정을 세 번이나 더 겪으면서 고개를 여러 번 넘는다. 의대 6년 졸업 후, 전공의 과정을 마치면 삼십이 다 되고 군복무까지 마치면 삼십 대 중반을 바라본다. 청춘이 다 지나간 세월이다.

이들의 생활은 어떤가. 학생 때는 쿼터 시험으로 일 년에 네 번 치르는 시험지옥을 거쳐야 하고, 여기에서 낙제하면 일 년을 다시 다녀야 한다. 낙제를 몇 번씩 하는 사람도 있다. 평소 꿈을 안 꾸는 편이지만 유일하게 오십이 넘

71

도록 꾼 꿈은 시험지를 붙들고 끙끙대는 꿈이었다. 전공의 시절에는 눈코 뜰 새 없이 바쁜 생활 속에 항상 잠이 부족하다. 밤에 당직 서느라 집에는 일주일에 한두 번 정도 들른다. 집에 가서도 밥 먹기를 미루고 계속 잠을 자던 기억이다. 낭만을 찾고 연애를 하면서 청춘을 구가할 분위기가 아니다. 여성에 대하여 알아볼 기회가 없으니 치마만 두르면 모두가 천사다. 주위에서 결혼에 실패한 경우가 적지 않은 것은 이런 환경의 영향이라고 생각한다.

근년에 이들의 생활에 변화가 오는 몇 가지가 있다. 결혼을 앞두고 의사 신랑 측에서 키를 몇 개씩 요구하는 경우가 가끔 있어 사회문제가 되었던 일이 있었다. 신랑감으로 의사가 인기 있던 시절 얘기였으나, 지금은 그 인기가 많이 떨어졌다고 한다. 우리 때에도 그런 제안을 신부 측에서 해 오는 경우가 더러 있었으나 '무슨 흠집이 있기에?' 하고 피하는 분위기였다. 우리가 젊었던 전공의 시절에 열심히 환자 본 후 즐기는 낭만이란 술 마시는 것이었다. 밤 12시 통행금지가 있던 시절, 자정을 넘겨 술 마시고 집에 갈 일이 걱정이었다.

군의관 생활을 먼저 마치고 전공의 생활을 했던 나는 술 마시다 통금시간이 지나면 머리를 굴린 후 병원 근방의 서대문 경찰서로 갔다. 입구에서 보초 서던 경찰관은 카빈총을 멘 채 꾸벅꾸벅 졸고 있다. "야, 백차 당직 어딨어?" 하니 얼른 잠에서 깨어 "바로 저쪽에 있습니다" 하며 가리킨다. 그 사무실로 가보니 당직 순경이 민간인들을 불러놓고 고스톱이 한창이다. 뒤에 가서 가만히 서 있으니, 불안을 느낀 듯 당직이 "어떻게 오셨습니까?" 묻는다. "집에 가야겠는데 백차 있나?" 하니 무전으로 부른다. 오분 안에 백차가 온다. "댁에 잘 모셔드려". 흰 눈이 푸욱 쌓인 겨울날 석고실의 전 선생과 함께 백차를 타고 모래내 우리 집을 거쳐 구파발 전 선생 집까지 편안하게 귀가한다. 그렇게 두 번을 해 보니 전 선생은 또 그렇게 하자고 했다. '꼬리가 길면 밟힌다'라고 그만두었다. 군대 생활에서 익힌 습관이 통했던 것이다.

요즘 젊은 세대 의사들은 건강을 생각하여 술을 절제하고, 여유를 즐기면서 현명하게 살아가는 것 같다. 오십이 넘어 해외여행을 다니며 젊은 의사들을 많이 보았다. 폭넓게 인생을 즐기는 모습이다. 최근의 변화로는, 배출되는 의사 수가 많아졌다는 것이다. 개업이 잘 된다 하면 주위에 비슷한 의원들이 쏟아져 들어온다. 심한 경쟁 사회가 된 것이다. 우리 시절에는 기존 의원과 가까이는 개업하지 않는 불문율이 있었다. 그 시절에는 팔 구십의 노 의사가 진료를 한다면 훌륭하다고 매스컴을 탈 정도였으나 지금은 적당한 시기에 은퇴하여 후배들에게 길을 내주는 것이 미덕이 되었다. 노 의사들은 노인 복지 시설 등에 봉사하는 길이 존경받는 처신이라 생각된다

이들의 삶에 특이한 것이 또 있다. 의사들은 환자의 병은 열심히 들여다보지만, 자기 자신의 건강은 잘 돌보지 않는다. 증상이 나타났을 때서야 검사하고, 병이 많이 진행된 것을 보면서 허망하게 가는 경우를 자주 본다. 아등바등 치료에 매달리지 않고 죽음을 쉽게 받아들인다. 자신뿐만 아니라 가족들의 건강도 소홀히 하는 편이다. 그래서 가족들에게 '돌팔이'라는 소리도 심심찮게 듣는다. 환자를 잘 보려면 자기 자신의 건강도 중요하지 않을까. 요즘 신세대 의사들은 본인이나 가족들의 건강도 꼼꼼하게 챙기고 있는 것을 본다.

이제 다시 태어나 직업을 선택하라 한다면 의사 직업은 결코 선택하지 않을 것이다. 살아온 길이 너무 힘들고 재미없기 때문이다. 아들이 대학을 선택

할 무렵 그는 의대에 가고 싶어했다. 그것을 말리고 공대 공부를 권하였다. '자동차는 고치다 실패하면 부품을 갈아 끼우면 되지만, 사람은 실패하면 말할 수 없는 스트레스를 받는다'라고 설득하였다. 그는 지금 엔지니어(독일 Diplome engineer)가 되어 잘 나가고 있다. 의사의 길은 사회에 봉사하겠다는 투철한 철학이 필요한 직업이다. 우수한 학생들이 모두 의대에 몰리는 현상은 걱정스러운 일이다.

우리 대학 동기 등산회 산행 중에 이런 말을 하니, k 박사는, 자기는 그래도 의사의 길을 선택할 것이라 했다. 아무 특별한 소질이 없는 몸이 그저 공부만 하면 되는 의사의 길이 무난하다는 것이다. 내 생각은 다르다. 잠시 왔다 가는 인생, 쫓기지 않고 여유 있게 살아 보고 싶은 것이다.

의사는 당신에게 귀 기울였나요?

　　　　　　　오십 년 가까이 의사 생활을 하다가, 지금은 환자가 되어 병원에 다닌다. 나이가 많아지면서 여기저기 병원에 다닐 일이 생긴다. 여러 의사들을 겪어 보니 개성들이 각기 다르다. 대부분의 의사들은 진솔한 마음으로 병을 진단하고, 환자의 말에 귀 기울여 효과적인 진료를 하려고 노력한다. 하지만 의사도 사람인지라 환자를 대하는 방식이 여러 가지다.

　눈의 건조 증상으로 불편하여 인공 눈물을 처방받을 목적으로 동네 안과에 들렀다. 두 번째 갔을 때 눈물구멍을 막아주는 간단한 시술을 한다기에 맡겨 두었더니, 1~2분 정도 치료를 했다. 마치고 진료비 계산을 하는데 납부액이 125,000원이다. 이런 경우에는 치료 내용과 진료비에 대하여 사전에 설명해 주고 환자의 동의를 구했어야 한다. 환자에게, 아니라 수입에 귀를 기울인 것이다. 시술의 효과도 느낄 수 없었다. 이제는 일방적으로 의사의 뜻에 따라 진료받던 시대는 지났다. 환자의 권리 장전이라는 것이 있는데, 두 번째 항에 '알 권리 및 자기 결정권'이란 게 있다. 질병의 상태, 치료의 목적-계획-방법-예상결과 등에 대하여 충분한 설명을 듣고 물어볼 수 있으며, 이에 동의 여부를 결정할 권리가 있다는 것이다.

2011년도에 A 병원에서 폐 수술 받은 후 관리 중이다. 일 년쯤 전에 정기 검사에서 부신피질에 전이되었다는 말을 들었다. 지금까지 담당하던 흉부외과에서 종양내과로 전과 되었다. 종양내과에서는 유전자 검사를 한 후, 표적치료제 '이레사'를 처방하여 약 40일 써본 후, 효과 없다고 했다. 이제 인생의 막다른 길에 서고 보니, 담당의인 종양내과 의사에게 거는 기대는 커질 수밖에 없었다. 그의 진료실에 들어서자 "이제 임상이냐 항암이냐 둘 중 하나를 선택할 수밖에 없네요"라고 한다. 그리고 임상이나 항암의 내용에 대해서는 아무 설명이 없다. 제비뽑기하라는 식이다. 의사인 나도 전공이 다르기에 그 내용의 장단점을 짐작할 수 없어서 "무엇을 권하고 싶으신가요?" 물었더니 '임상'이라고 잘라 말했다. 임상이라면 현재 개발 중인 약을 시험적으로 써보자는 것일 텐데 그 내용이나 기대할 수 있는 치료 효과에 대하여 아무런 설명이 없다. 다음 환자 보게 나가라는 태도였다.

진료실을 나오면서, 머릿속에 염라대왕의 영상이 스쳐갔다. 그가 대하는 환자들은 모두 나처럼 생의 끝자락에 서 있는 절박한 환자들일 텐데 그들에게 관심을 갖고 꼭 필요한 설명 몇 마디 해 줘야 되지 않을까. 바쁘다는 구실로 서둘러 내보내는 태도는 이해하기 어려웠다. 의학적 소견이 절망적이라 하여도 의사는 치료를 포기하지 않고 노력한다는 믿음과 긍정적인 태도가 의사-환자 관계를 두텁게 해 주고 치료 효과도 극대화할 수 있다고 하지 않는가. 물론 그에게 명의로 인정받는 실력이 있을 것이라는 사실은 미루어 짐작할 수 있다. 또 지금은 바쁘니 치료하면서 설명을 해주겠다고 마음먹었을 수도 있다. 하지만 때가 있는 것이 아닌가. 예로부터 명의名醫 신의神醫보다도 환자에게 귀 기울여주는 심의心醫 되기가 더 어렵다는 말이 있다.

이처럼 참담한 처지에 놓이고 보니, 지난날 나 자신이 진료에 임할 때를 돌아보게 된다. 바쁘고 피곤할 때, 자신을 독려하던 좌우명은 '환자를 내 가족처럼'이었다. 이 말은 수시로 힘을 북돋아 주었고 치료 기준을 정하는 데도 도움이 되었으나, 과연 환자의 말에 귀 기울이는 좋은 의사였는지 자신은 없다. 두 의사가 다 실력 있는 의사라 할 때, 환자의 병에 관심을 갖고 의사소통하면서 치료 방향을 결정하는 의사를 더 믿고 선호하지 않을까. 금년부터 건강보험 심사평가원에서 '환자 경험 평가 설문'을 받아 환자중심의 의료문화 정착을 위하여 노력하겠다고 한다. 하루속히 선진국 수준으로 환자의 알 권리가 충족되기를 기대해 본다.

여러 날 심사숙고 한끝에, 생사生死는 하느님이 결정할 것이고, 무엇보다 치료 내용을 설명 듣고 믿음이 가야 마음이 안정되고 치료 효과도 좋을 것 같기에 지금까지 검사한 결과를 정리 해달라고 하여 다른 대학병원으로 K교수를 찾아갔다. 그는 내 얘기를 차분히 듣고 나서 "알림타라는 주사를 써보는 것이 좋겠습니다, 이 약은 부작용도 별로 없고, 이런 경우에 쓰면 아마도 좋은 효과를 볼 것 같습니다. 임상은 나중에 해도 늦지 않을 테니까요" 종이에 메모까지 해 주면서 설명해 주었다. 하느님 같은 믿음이 왔다.

일 년 반이 경과하고 있는 지금, CT 검사상 암 조직은 보이지 않고, 혈액검사도 정상을 유지한다. 왼쪽 가슴 통증도 없어지고 심호흡도 마음껏 할 수 있어 광교산 자락에 있는 천년 약수터에도 올라가 양측 기둥에 새겨놓은 글귀도 읽어보는 여유가 생겼다.

山中 好友 林間鳥, 世外 淸音 石上泉.

산속의 좋은 벗은 숲 속의 새들이요,

속세 떠난 맑은 소리는 돌 위에 떨어지는 샘물 소리구나.

하루는 산에 오르다가 벤치에 앉아, 내게 관심을 갖고 귀 기울여주는 의사, K 교수를 만난 행운에 감사하며 쉬고 있었다. 쏟아지는 햇살은 숲 속의 잎새 위에서 반짝이고, 시원한 바람 불어와 몸에 밴 땀을 식혀준다. 파란 하늘에 새털구름 평화스럽게 흘러가는 것을 보며 나도 한수 지어 본다.

林間 風來 洗吾身, 靑天 白雲 空我心.

숲 사이로 바람 불어와 이 몸을 씻어주고

파란 하늘 흰 구름은 이 마음을 비워주네.

건강 염려증

건강 염려증이란 자신의 건강에 대하여 과도하게 걱정을 하면서 의사의 말도 믿지 못하고, 이병원 저 병원으로 순례하는 현상을 말한다. (의학적 정의는 좀 더 심각한 상태를 의미하지만) 건강보험제도가 정착되어 진료비가 저렴해지면서, 의사 배출 수가 많아져 개원의가 많아지면서, 특히 근래에 와서 매스컴을 통한 정확하지 않은 의료 정보가 홍수를 이루면서 이런 환자가 더욱 많아지는 추세이다. 시청자들에게 건강 상식을 널리 알리는 것은 좋은 일이나, 때로는 공인되지 않은 사실이나 근거 없는 주장을 버젓이 펼치는 방송 내용들이, 국민에게 건강에 대한 과도한 걱정을 유발하는 데 한몫을 한다고 생각한다. 결국 우리 집에도 그런 사람이 한 명 생겼다

우리는 시월 둘째 일요일에 구일 차례, 십일월 둘째 일요일에는 시제사를 고향에 내려가서 지낸다. 자손들이 많이 참석할 수 있도록 20여 년 전부터 일요일 하루로 간소화했다. 오 륙 년 전에 구일 차례를 지내고 와서 아내의 혀에 종괴가 생겼다. 제물을 형님 댁과 같이 준비하고, 왕복 운전까지 맡아

하니 피로가 쌓였을 것이다. 종괴를 만져보니 깐 은행알 만한 덩어리가 혀의 중간 우측에서 만져졌다. 만지면 통증이 있었다. 발생 부위가 암의 호발 부위는 아니었다. 설암은 예후가 아주 좋지 않은 암이기에 마음속으로 은근히 걱정하면서 분당 S 대 병원 A 교수에게 예약하여 진료를 받았다. 진찰 후 '암은 아니고 혈관종인 것 같다'고 말했다. 아내는 그래도 MRI 같은 정밀검사를 받아봤으면 하는 눈치였다. 교수는 그런 검사가 꼭 필요하지는 않다는 것이다.

교수의 말은 믿을 만하였으나 계속 불안해했다. 다시 서울 S 병원에 설암癌의 대가인 P 교수에게 예약하여 진찰을 받았다. 그도 비슷한 말이었다. 그래도 믿지 못하는 아내의 건강 염려증을 없애 주기 위해서는, MRI 비용 팔십여만 원을 투자하는 것이 낫겠다는 생각이 들었다. 검사 결과는 혈관종 내지는 혈관 기형이라고, 경과를 두고 보라고 한다. 그제야 안심하는 눈치였다. 사진상에는 혈관종의 특징인 석회침착 소견이 보였다. 그 후에도 피곤이 쌓일 때는 혀의 종괴가 생겼다가 며칠 지나면 없어지고 하는 일이 몇 차례 있었다. 그럴 때마다 마음속으로 걱정하는 눈치였다.

가까운 친구 중에도 이런 사람이 한 명 있다. 약사 출신으로 강원도에서 약국을 하여 탄탄한 재력을 마련한 후에 건강에 대한 과도한 염려증이 생긴 것 같다. 그의 수첩에 보면 진료 일정이 빼곡히 적혀 있고 유명한 의사들이 모두 나열되어 있다. 약사라 해서 건강염려증이 피해 가는 것은 아닌가 보다. 본인은 나이 먹으면서 당연한 관심이라 생각할지 모르겠으나 옆에서 보기에는 건강염려증이 보인다. 이런 환자는 인구의 1~5%, 병원을 찾는 전체 환자의 15%라는 보고도 있다. 친구는 본인이 약사이기에 상황에 따라 조절할 것이다.

금년 시월 구일 차례를 지내고 온 후, 또 혀에 은행알 만한 덩어리가 생겨 통증이 2주 정도 계속되었다. 아내는 '인터넷에 보니 오래도록 덩어리가 없어지지 않으면 안 좋은 병일 수 있으니 서둘러 병원에 가라'고 되어 있다면서 버썩 겁을 먹는다. 암은 아니라고 생각했다. 설암은 한번 생기면 커지면 커졌지 줄어들거나 없어지지 않는다. 생기는 부위가 측면이나 밑 부분에 잘 생긴다. 궤양을 동반하는 경우가 많다. 붉거나 하얀 반점을 흔히 동반한다는 등의 증상으로 보아 안심해도 좋을 것 같았다. 예약을 기다리는 동안 안심시키려고 이렇게 말해 줘도 이 의사 말은 아내의 귀에 마이동풍馬耳東風이다. 정성을 다해 차례를 모시는 막내며느리에게 고맙다는 인사를 전해 주시는 부모님의 징표가 혀로 나타나는 것이라고 농담도 했다. 긴장을 풀어주기 위한 시도였으나 효과가 없다.

걱정이 태산인 아내를 데리고 예약된 서울 S 병원 P 교수를 다시 찾았다. 병원에 가면서 생각했다. 전처럼 'MRI 촬영이 꼭 필요하지는 않다. 본인이 원하면 찍어 봐도 괜찮다'고 한다면 본인은 찍어 보기를 원할 것이다. 이 경우 어떻게 할 것인가? 내 생각에는 찍어 볼 필요가 없다고 생각하지만 건강 염려증을 없애 주기 위하여, 또 거금(?)을 쓸 것인가. 설득하면 잘 들을까. 마음이 편해야 행복할 수 있지 않을까. 상황을 보고 결정하기로 했다. 진찰 후 P 교수는 "괜찮습니다, 암은 아닙니다, 혈관 기형이라 볼 수 있습니다" 하였다. "일 년에 한 번씩 진료를 받을 가요? 언제쯤 다시 올까요?" 라는 아내의 질문에 P 교수는 "안 오셔도 됩니다. 진료 더 안 받아도 된다고요" 단호하게 말했다.

이렇게 확실하게 진단을 내려주는 의사는 많지 않다. 실력도 있고, 양심도 지키고 있는 존경할 만한 의사라 생각되었다. 요즘 병원들이 많아지면서 과잉 진료를 하는 곳도 가끔 있다. 건강 염려증을 이용하는 것이다. 자문을 구하는 환자들에게 내가 항상 해주는 말은 '큰 수술은 가능하면 대학병원에서 하라'는 것이다. 대학의 교수들은 환자도 많고, 과잉진료도 하지 않으며 자기 분야에 실력들을 갖추고 있는 의사들이기 때문이다. 며칠 동안 계속되던 걱정을 속 시원히 날려 버리고, 홀가분히 귀가하는 차 유리창에 보이는 가로수에는, 은행나무 노란 잎이 마지막 황금색을 아름답게 뿜내고 있었다.

강의 유감有感

        서재에 앉아 꿈을 더듬어 시상詩想을 생각 중인데 전화가 왔다. 우리 시계 문학회 손 회장님이다. "내일 한 30분 정도 강의를 해 주소" 명령이다. 지도교수가 다른 스케줄 때문에 늦게 나오신단다. 은근히 걱정되어 성복천으로 나갔다. 걸으면서 궁리하면 무슨 좋은 수가 있을까 해서다. 계속 걸으면서 생각하니 전공의 시절 간호대학에 강의 나가던 일, 학생 때 듣던 명 강의들이 떠오른다.

  삼십 대 초반, 종합병원 전공의 상급 년 차에는 간호대학에 강의를 나가야 했다. 이론이 간단하고 비교적 어렵지 않은 교재를 선택하여 첫날부터 열심히 강의를 해 나갔다. 모두 감성이 예민한 여대생들이기에 한 사람이나 인물에 눈을 두기가 민망하여 주로 교실 앞쪽을 보면서 열변을 토하였다. 아무리 열을 올려 말하여도 강의란 듣는 사람이 잘 알아 들어야 빛이 나는 법이다. 강의 시작한 지 세 번째 시간에 한 학생이 손을 번쩍 들었다. '옳지, 이제 질문이 나오나 보다' 호기심을 갖고 말해보라 하니 "선생님은 여기 강의하러 오셨나요, 실력 자랑하러 오셨나요? 하나도 못 알아듣겠습니다" 라고 했다. 맥이 탁 풀렸다.

그다음 시간부터는 칠판에 중요한 것은 모두 써주고 이해가 힘들겠다 싶은 것은 그림을 그려가면서 강의를 했다. 그래도 강의 잘한다는 소리는 없었다. 그럭저럭 맡은 학기가 끝나고 나도 전문의 시험을 치르게 되었다. 좋은 성적으로 합격했다는 소문이 돌자, 그제야 들려오는 말이 '그 강의 노트를 다시 보니 이론이 정연하고 내용이 충실하더라'라는 것이다. 그 이후, 나는 말주변도 없고 강의하는데 소질이 없는 사람이구나라고 스스로 자리매김하며 살아왔다. 말주변이 없으니 글재주가 있을 리 없고, 혹시 회고록이라도 쓸 일이 있으면 좀 낫게 써보려고 문학교실에 입문을 하였는데, 여기서 또 강의를 하라니 어쩌면 좋은가.

좋은 구상은 떠오르지 않고 학생 시절에 들었던 명 강의들이 생각난다. 예과 때 철학을 강의하시던 안병욱 교수의 강의는 소문난 명 강의였다. 그의 강의는 "정의正義는 하나요 둘이 아니다"로 시작한다. 고대 희랍 신화들을 소개하면서 진행하는 강의는 재미도 있었고 우리에게 꿈도 주었다. 시험 칠 때는 백지를 나눠주고 문제는 칠판에 'Socrates'(쏘크라테스)라고 쓰고 끝이다. 학생들은 이 고대 그리스 철학자에 대하여 아는 것을 모두 썼다. 시험 성적은 백지를 내지 않는 한 A 아니면 B였다. 소문에는 채점을 선풍기 앞에서 한다고 했다. 선풍기 앞에 시험 답안지를 뿌리면 많이 쓴 것은 무거워 앞에 떨어지고 조금 쓴 것은 가벼워 멀리 나가니 무거운 것은 A, 가벼운 것은 B라는 것이다. 원래 철학이란 것이 이런 것인지도 모른다.

명 강의 중에 빼놓을 수 없는 것이 본과 때, 정신과 명주완 교수의 강의였다. 그는 학장을 역임한 노 교수로 크지 않은 키에 온화한 인상이었다. 정신질환자의 모습을 똑같이 흉내 내면서 이리저리 걸어 다니며 강의를 했다. 우습기도 하고 재미도 있으면서 그 현장감은 병에 대한 증상을 머릿속에 박히게 해 주었다. 이런 명 강의들은 실력과 노력과 천부적인 재능이 있어야 가능할 것이라 여겨진다. 강의 소질이 없는 내게는 부럽고 존경스러울 따름이다. 궁리해봐도 강의할 아이디어는 떠오르지 않고, 그 옛날 간호대학 강의 나갈 때 손들고 질문하던 학생이 생각난다.

K 양이었는데 간호사가 된 뒤에 방송국 마이크를 잡고 TV 앞에 잠시 나타난 일이 있었다. 외모도 단정하고 똑똑한 인물이었다. 하루는 고교 동기생인 배 군이 찾아왔다. 오랜만이라 어떻게 지냈는가고 물으니 교편을 잡고 지내면서 동생들 뒷바라지하느라 장가도 못 들었단다. 이 친구, 며칠 전에 TV에서 본 그 간호사를 소개해 달라고 한다. 삼 십을 훨씬 넘긴 처지에 염치라고는 없다. 가만히 살펴보니 친구는 그동안 진솔하게 살아온 인품이 보였고, 진지한 태도가 믿음직스러웠다. K 양에게 연락하였다. 얼마 후 소식을 들으니 둘이 결혼하여 미국으로 이민 갔다는 것이다.

배군은 가끔씩 한국에 나오면 조니 워커 한 병에 말보로 한 보루를 백에 넣어 가지고 와서 중신 아비라 하며 건넸다. 미국에서 안 해본 것 없이 다 해봤다고 한다. 아스팔트 인부, 새벽에 뛰는 배추장수, 부두 노동자, 가구장수 등 가리지 않고 했다는 것이다. 고위 공무원으로 퇴직한 고교 동기 H 가 수년 전, 미국에 가서 배 군 집에 들러보니 롱아일랜드 해변에 그림 같은 집에서 행복하게 살고 있더라고 전한다. 며칠간 대접을 잘 받았고 내가 중매하여 결혼했다는 얘기도 들었단다. 삼십여 년이란 세월이 흐른 어느 날, 봉천동 사거리 우리 병원으로 육십 대의 할머니가 양주 선물을 들고 찾아왔다. 신수가 훤하고 모습이 당당하다. K 양이 세월을 먹은 것이다. 미국에 이민 가서 열심히 살았고, 아이들도 명문대 졸업 후 다 잘 되었다고 했다.

"어이구, 젊을 때는 한 인물 했는데 이제 많이 늙었네". 같이 늙어간다고 생각하는지, 남편 친구이니 내 친구도 된다는 뜻인지 아니면 원래 활달한 성격 탓인지 옛날에 강의 받던 선생님에게 말을 놓아버린다. 아마도 먼 이국생활을 하다가 오랜만에 고국에 돌아와, 고향에 안긴 푸근함과 옛날 지인을 만났다는 반가움 때문이었으리라. 병원 옆 찻집에서 가만히 바라보니 그녀도 서글서글한 인상에 주름살이 내려앉기 시작했다. '그때 내 강의가 그렇게 형편없었나?' 하고 물어보고 싶었으나 목 안으로 삼켜 넣었다. 그런 강의임에 틀림없었을 테니까.

신촌에서 봉천동까지

인생에는 세 번의 기회가 있다고 한다. 신촌에서 개업을 시작한 것이 내게는 두 번째 찾아온 기회라는 생각이다. 처음 기회는 서른일곱에 홍제동에서 이 년여 개원했던 시절이었으나, 얄궂은 삶을 정리하면서 매입했던 빌딩을 비롯하여 그때까지 쌓아놓은 경제적 기반은 물거품이 되었다.

사십 즈음에는 동해시 마포 평택 등지에서 봉직 생활을 몇 년 해 보았다. 상당히 좋은 대우를 받았으나, 그 보수로는 다시 일어설 수 없다는 것을 깨닫고 개원 자리를 보고 다녔다. 마침 신촌 서강 신경외과 자리가 나와 있었다. 그 자리는 미국에 가신 K 교수가 하던 곳을 그 제자인 C 원장이 받아 하던 병원인데 운영이 잘 안 되어 문을 닫아놓고, 원장은 다른 병원에 봉직하고 있는 상태였다. 몇 번을 둘러봐도 안 될 리가 없는 장소였다. C 원장이 취직해 있다는 인천 산재병원으로 찾아갔다. "응, 당신이 하면 틀림없이 잘 될 거야." 그는 J 종합병원에서 같이 근무한 적이 있어 잘 아는 분이었고, 흔쾌히 좋은 조건으로 계약해 주었다.

'서강 정형외과'로 간판을 달고 문을 여는 날부터 환자가 줄을 이었다. 환자를 24시간 보는 체제였다. 간호사들이 원내에서 숙식하였고 근무시간이란 개념이 없던 시절이라 밤 12시에도 환자가 오면 술 마시다 와서 진료하고, 새벽 3시에도 환자가 문을 두드리면 내려와서 보았다. 낮에는 외래환자가 밀리고 입원실도 항상 가득해서 간호사들은 항시 뛰어다녔다. 하루는 L 간호사가 코에 솜을 틀어넣고 다니기에 물어보니 "아무것도 아녜요"했다. 코피를 막고 뛰어다니는 것이다. 지금 같으면 당장 사표를 낼 일이다. 병원을 포함하여 모든 사업은 직원들이 잘 해줘야 성공할 수 있다. 사업事業의 성패는 항상 인적 자원이 70% 이상 좌우한다고, 새로 개원하는 후배들에게도 귀띔해 준다.

수술 환자가 있을 때는 비교적 한가한 시간을 잡아 수시로 해치웠다. 맨 위 4층에는 C 원장 가족이 살았는데 우리가 환자 보고 수술하는 것을 보면서 그 부인이 "병원은 이렇게 운영하는 것이네요. 우리 그이는 내일 수술이 있으면 밤에 잠을 못 자요" 라고 누님에게 말했다 한다. 신경외과 수술이라 긴장을 할 수밖에 없었을 것이다. 그와 같이 일했던 사무장 서 선생을 같이 일하자고 했다. 서 선생에게 들으니, C 원장은 골프가 싱글이고 골프 약속이 있는 때는 환자가 와도 사무장에게 "당신이 어떻게 잘 해봐"하고 골프채 들고 나가버렸다는 것이다. 병원 운영이 어려웠던 사정을 알 만했다.

환자 중에는 근처 학교 학생 환자들도 많이 왔다. 손에 인대가 끊어져 오는 경우 인대 접합술과 석고 고정을 한 후 차트 정리를 잠시 하고 보면 도망가는 학생이 있었다. 그럴 때는 치료비보다 후 치료를 망치지 않을까 걱정이었다. 나중에 봉천 사거리에서 개원할 때 그 근방 학생들을 치료하면서 이들의 우직하고 융통성 없는 성격과 지난날 치료 후 도망가던 신촌 시절 학생들의 약삭빠른 처신들이 비교되어 실소를 흘리게 된다.

외과계 의사들은 마취의와 손발이 잘 맞으면 마음이 안정되고 수술이 즐겁다. 한 번은 고교 선배이신 K 대법관이 자기 운전수 겸 조카의 수술을 부탁해 왔다. 대퇴골 경부 골절에 내 고정했던 금속봉을 제거하는 수술이었는데 수술 중 출혈이 심하여 혈압이 80까지 떨어지는 쇼크에 빠졌다. 수혈하려고 혈액을 가져오게 보낸 동안에도 당황하지 않고 차분하게 대처할 수 있었던 것은 마취의가 전공의 시절부터 여러 해 함께 일해왔던 J 병원 마취과 스태프이었기 때문이다.

하루는 구 의사회장에게서 전화가 왔다. 환자를 유치한다는 진정陳情이 들어왔다고 했다. "환자를 유치하는 병원이 엠브란스도 없이 하겠습니까?" 하고 해명을 하니 "나는 잘 안다, 서강대 앞 S 정형외과에서 환자가 떨어지니 그러는 것 같다"라고 말해 주었다. 교수 출신인 이 병원 A 원장은 내가 봉천동으로 이전하는 날 큰 선물을 가지고 와서 입이 함박만 하였다. 요즘은 이때보다 개원 의사들의 경쟁이 훨씬 더 심하다. 신촌에 개원한 지 2년여에 병원 자리가 백화점을 짓겠다는 사람에게 팔렸다. S 은행 지점장은 '돈은 얼마든지 빌려 줄 터이니 신촌에 땅을 사서 건물을 지어보라'고 말했다. 여기저기 둘러보았으나 마땅한 대지가 보이지 않았다.

이 무렵 봉천동에서 부동산도 하고 건축도 하는 고교 동기가 있어 물어보니 그쪽에는 나온 대지가 많이 있다고 했다. 인생에 대하여 깊이 생각해 보았다. 이제 돈은 더 벌지 않아도 될 것 같았다. 나머지 삶을 가장 값지게 사는 길은 봉사하면서 사는 길이 아닐까. 서울의 대표적인 빈민촌 중 하나인 봉천동에 자리 잡고 가난한 이웃들을 돌본다면 보람 있는 일이 될 것이라 생각하고 봉천 사거리에 대지를 사서 건물을 지었다. 봉천동에 개원하면서, 돈 때문에 치료를 못 받는 사람이 있어서는 안 되겠다는 생각에 '우리 병원은 항상 외상이 되는 곳이다'라고 선언하였다. 갚지 않아도 된다는 뜻이었다.

놀라운 것은 외상으로 치료받은 환자들이 거의 모두 외상을 정확하게 갚는다는 사실이다. 가난한 사람들은 정직하게 살고 있었다. 여기서 욕심 없이 지낸 이십오 년의 세월이, 살면서 가장 행복했던 때였고 내 인생에 찾아온 세 번째 행운이었다고 생각한다.

어디서 본 듯한

　　　　　　　이마에 출혈이 낭자한 교통사고 환자가 진료실로 부축
되어 들어왔다. 홍제동에서 개원하고 있을 때였다. 수술대에 눕히고 피를 닦
은 후 살펴보니 어디서 본 듯한 인물이었다. 이마 부위가 한 뼘가량 넓게 찢
어져 피부가 밀려 올라갔고 밑에 허연 뼈가 드러났다. 의식은 또렷하고 신경
외과적으로 별 이상이 없으니, 상처만 치료하면 될 것이라 판단했다.

　환자는 머리가 많이 벗겨져 머리털을 밀지 않아도 되었다. 상처 봉합술을
하면서 "많이 아프신가요?" 물어보니 묵묵부답이다. "사고가 어떻게 났나요?"
아무 대답도 않는다. 이런 무뚝뚝한 사람이 있단 말인가. 육십 대 초반쯤으로
보였고 나보다 한참 연상이라 생각되었지만 속으로 좀 불쾌하게 생각하면
서 꿰매는 손놀림이 거칠어졌다. 하지만 의사로서 최선의 결과를 얻기 위하
여 봉합술은 꼼꼼하게 마무리해야 했다. 수술을 마치고 나서 둘러보니 대기
실 의자에 한복을 격조 있게 차려입은 얌전한 부인이 앉아 있었다. 이 환자
의 보호자인 것 같은데 수술 후에도 아무런 문의가 없었다. 보통 사람들과는
좀 다르다는 느낌을 받았다.

통증을 참느라고 아무 말도 않고 입을 꾹 다물고 있지 않았을까. 누군지는 생각나지 않았다. 마침 새마을 금고 J 이사장이 진찰실에 들렀다. 동네에서 가깝게 지내는 사이었다. 수술실에서 나오는 환자를 보더니 운보 김기창 화백이라고 한다. 밖에 앉아 있는 보호자는 그의 부인 우향 박래현 여사란다. 의학 공부에만 신경 쓰고 환자 보는데 몰두하느라, 예술이나 사회 상식에 대하여 무식한 자신이 부끄러웠다. J 사장이 귀띔해 주었다, 치료비를 받지 말고 '작은 소품이나 한 점 주시라' 하라고. 하지만 품격상 그럴 수는 없었다.

그는 어려서 장티푸스에 걸려 치료하던 중 할머니가 다려준 인삼을 먹고 난 후에 청각을 상실했고 언어장애가 있다는 걸 그 후에 알았다. 이 사실을 알고 난 후에는 그가 마치 속세를 초월한 먼 나라의 성자처럼 생각되었다. 물음에 대답도 하지 않는 이상한 사람으로, 잠시라도 오해한 것이 미안했다. 몇 년 후 세종문화회관에서 운보 화백이 제자 한두 명과 앉아 모임을 갖고 있었다. 아마도 그가 설립한 '한국농아복지회'의 일을 상의하는 것 같았다. 청력 장애인을 위한 복지사업을 하는 것이다. 동석한 그의 여제자를 통하여 간단히 인사를 나누었다. 이마를 살펴보니 흉터 하나 없이 깨끗하다.

이십여 년의 세월이 흐른 후 종로구 현대 갤러리에서 운보의 '바보 산수' 전시회를 아내와 함께 관람했다. 바보란 무엇인가. 그는 "작가 정신이 어린이가 되지 못하면 그 예술은 결국 죽은 것이라는 예술관을 가지고 있다"라고 피력했다. 예술은 바보처럼 어린이처럼 순수한 마음에서 나오는 것이라야 한다는 것이다. 〈태양을 먹은 새〉와 〈청록산수〉 등을 감상하면서 그 만의 독특한 화풍을 느낄 수 있었다. 듣지도 못하고 말도 잘 할 수 없는 답답한 심정을 그림으로 승화시켜 과감하게 표현한, 어디서 본 듯한 작품들이었다.

겁 없던 외과의 시절

　　　　　　월요일 저녁 TV에서 가요무대를 보고 있었다. 뉴스나 보는 편인데, 가요무대는 흘러간 옛 노래가 주로 나와, 옛날을 생각하면서 마음 편하게 즐겨 본다. 사회를 보는 김동건 선생도 조용하고 매끄럽게 진행하여 분위기를 부드럽게 해준다. 오늘은 1987년 7월 공연하였던 영상이라고, 김정구 선생의 〈수박 타령〉이 구성지게 펼쳐진다. 그것을 보니 지난날 김 선생님과 만났던 일들이 아련하게 떠오른다.

　　종합병원에서 나와 처음 개원을 한 것이 1970년대 후반 홍제동이었다. 하루는 얌전하고 정갈한 할머니가 실려왔는데 우측 대퇴골 경부 골절 환자였다. X-ray 소견 상, 이 경우에는 골절 유합술 보다 대퇴골 두경부를 갈아 끼우는 반치환술을 하는 것이 회복이 훨씬 빠를 것이라 판단되었다. 고관절 전치환술이나 반치환술은 우리나라에 도입 단계였는데, 운 좋게 그 술기를 초기에 전수받았었다. 개인의원에서는 인원이 수술팀을 꾸리기에 빈약했었지만, 겁 없이 수혈해 가면서 수술을 끝마쳤다.

　　외과 의사들은 술기術技를 배우면 한동안 그 수술을 하고 싶어 한다. 종합

병원에서는 수술 후에도 회복실이나 중환자실 시스템이 있어 안심이었지만, 개인의원에서는 취약한 상태였기에 불안했다. 밤새 간호사에게 바이탈을 체크하라고, 이상이 있으면 연락하라고, 이르고 지켜보는 수밖에 없었다. 다행히 결과는 기대했던 만큼 양호했다. 나중에 보니 '눈물 젖은 두만강'으로 유명한 가수 김정구 선생의 형수 되시는 분이었다. 그 시절 고관절 전치환술이나 척추 전방유합술 같은 개흉술을 간호사 두 명과 사무장(조수) 한 명뿐인 개인의원에서 마취의를 초빙하여 해 버렸으니, 지금 생각하면 겁도 없는 용감한 의사였다.

정형외과뿐 아니라 모든 외과의 들이 가장 겁 없이 수술하고 활동하는 시기가 아마도 삼십 대 후반에서 사십 대일 것이다. 오십 대 후반으로 넘어가면 경험이 쌓여 완숙한 면은 있지만 시력도 떨어지면서 몸을 사리게 된다. 그 할머니 수술을 인연으로 알게 된 김 선생님은 노래하면서 깡충깡충 뛰다가 발목을 다치면 들르셨다. 테이프 나 밴드 고정을 해드리면 효과가 좋다고 했다. 항상 푸근한 인상에 웃음을 띠는 모습이었다.

한 번은 자주 가는 연희동 술집 '애반'에서 술 마시다 우연히 만났다. 이 집은 양주를 한 두병 마시면 젊은 사장이 양주 한 병을 서비스로 잘 주는 집이다. 안주를 서비스로 주는 집은 가끔 있어도 술집에서 술을 서비스로 주는 집은 여기가 유일했다. 일(수술)만 겁 없이 한 것이 아니라 술도 겁 없이 마시던 때였다. 외과 의사는 수술도 잘하고 주량으로도 후배들을 누를 수 있어야 알아주던 시절이었다. 김 선생님은 한참 연상인데도 맥주 두병과 안주를 가지고 와서 의사 선생 대접을 해주는 것이다. 그의 평소 점잖은 인격을 엿볼 수 있는 자리였다.

수년 후 이산가족 상봉에서 '눈물 젖은 두만강'을 불러 장내를 눈물바다로 만드는 장면을 보면서, 당신의 고향이 함경도 원산이라고 말하시던 쓸쓸한 모습이 연상되었다. 지금 그분은 가셨으나 가끔 생각하면 넉넉한 인품과 의젓한 처신은, 노래할 때 경망스럽게 뛸 때와는 전혀 다르다는 생각을 한다. 그때 겁 없이 용감했던 외과의도 이제 은퇴하여 산수傘壽의 나이를 바라보며 조용히 늙어가고 있다.

가난한 화가의 그림 두 점

자기가 가난한 화가라고 그 환자는 말했다. 개인의원을 개업하면 다양한 환자를 보게 된다. 1980년대 초에 신촌에서 개원할 때 슬개골(무릎뼈)이 박살 난 환자 한 분이 내원하였다. 친구 집 돌잔치에 갔다가 술을 많이 먹고 돌아오다 길에서 넘어졌다고 했다.

수술 후 입원치료를 하였다. 수술받은 환자는 대개 십일 내외 입원하여 실을 뽑고 퇴원하게 된다. 퇴원하는 날 아침 회진할 때 환자가 말했다. "가난한 화가 한 번 도와주시는 셈 치고 치료비 대신에 제 그림으로 받으시면 안 되겠습니까?" 혹시 거절할까 봐 걱정스러운 표정이었다. "그러시지요" 내 대답이다. "얼마나 쳐 주실지. 두 점인데 모자라면 돈으로 더 내겠습니다" "예술가의 작품을 제가 감히 어떻게 값을 매기겠습니까, 치료비 전액으로 하시지요" 그는 그것으로 홀가분히 계산을 끝내고 퇴원하였다.

신촌역 근처의 술집 '태'에 자주 다니던 때였다. 거기에 오는 화가 부부가 있었다. 화가 C 씨는 한번 이런 말을 했다. 친구 중에는 "너 그림 그린다는데 한 점 좀 줘봐라" 이런 말을 들을 때 그는 "너 봉급 받는다는데 그 봉투 한 번

줘봐라"라고 대꾸한다고 했다. 그런 이야기를 들으면서 예술 작품에는 작가의 영혼이 깃들어 있다는 사실을 느끼고 있던 차였다. 그러기에 가난하다는 화가의 제안이 싫지 않았다. 눈치 빠른 간호사 J 양은 어느 틈에 소품 하나를 얻었다고 했다.

그림은 쓸쓸한 바닷가에 고기잡이배 몇 척이 정박해 있는 풍경화(유화 70×50cm, 1983.) 한 점과 화사한 꽃 그림 (유화 40×56cm, 1984.) 한 점이다. 꽃 그림은 내가 아주 좋아한다. 어느 날 아내가 들고 가서 그림의 표구를 바꿔왔다. 표구를 바꾸니 완전히 다른 그림이 되었다. 화려한 꽃밭에 앉아 있는 느낌이었는데 흰 나무색으로 바꿔오니 꽃이 관 속에서 울고 있는 느낌이다. 어쩌랴, 아내의 생각인걸. 내 마음에 들지 않더라도 상대방의 의견을 존중해 줘야 평화롭고 다정한 가정이 되지 않겠나. 그림은 원래 표구와 함께 평가받는다고 들었다. 작가가 만든 표구를 함부로 바꾸는 것이 아니라고 한다.

바닷가 풍경화는 아들이 살림 날 때 주었다. 이번에 다시 이사하면서 보니 집에 걸지 않고 싸서 창고에 넣어두고 있었다. 무거워서 걸지 못했다고 하나 마음에 들지 않는 모양이다. 그렇다. 모든 것은 마음에 달려 있는 것이다. 자기 자신自身의 삶을 살라고 하는 이유일 것이다. 가져오라 하고, 다른 그림들로 바꿔 주었다. 그림도 자기를 알아주는 주인을 만나야 기쁠 것이다. 가져온 그림을 아내 방 벽에 걸어놓고 보니 한적한 바닷가 어촌에 여행 나온듯한 느낌이다.

그 옛날 가난했던 화가가 궁금해졌다. 혹시나 하고 인터넷에 찾아 보았다. 김평준, 1988년 프랑스로 건너가 10여 년 동안 파리에서 작가 활동을 하였다. 프랑스-소나무회 활동을 하였고, 색채를 버리고 연필로만 그리는 드로잉의 대가이며 지금은 귀국하여 세계적인 남도 작가라고 소개되어 있다. 그는 자아성찰에 몰두하였고, 득도 경지에 도달한 선승처럼 고향산천과 바다를, 돌담길에 흐드러지게 핀 풀꽃들을, 애정 어린 시선으로 담담하게 그려내고 있다고 한다.

김 화백이 옛날 치료비로 건넸던 그림 두 점을 지금 본다면 어떤 감회일까. 본인의 초기 화풍과 옛날 이야기가 담긴 작품을 자신도 소중하게 여길 것이다. 다시 보는 그림이 더욱 귀하게 보인다. 수많은 역경을 극복하면서 예술혼을 불태웠을 작가의 의지에 박수를 보내면서 기사를 쓴 기자에게 메일을 띄운다.

그때 겁 없이 용감했던 외과의도 이제 은퇴하여 산수傘壽의 나이를 바라보며 조용히 늙어가고 있다.

천방지축 행복시대

아버지의 세월

청춘이 서러워

형

월남전에 자원하다

어머니, 어머니

싸움에 대하여

동해시에서

살며 부딪치며

대책 없는 친구들

제비 선생

술을 끊으면서

벤치에 앉아

3부

살며 부딪치며

천방지축 행복시대

행복한 시절은 철모르던 유소년기에 있다. 그때가 철없이 뛰어놀던 무모하고 욕심 없던 시기였기 때문인지 모른다. 마음에 욕심이 생기면 행복은 저만치 달아나는가 보다. 출생 후 유년기와 아무런 근심 걱정 없이 뛰어놀던 초등학교 시기를 거쳐, 중학교 2학년 때 휴학하고 고생을 하면서 세상을 알기 전까지가 행복한 시절이었다.

네 살 때 호열자(1944년경 콜레라)가 전국적으로 창궐하여 많은 어린이가 사망하였다. 나도 감염되었는데, 이웃집 애가 죽었다고 하니 겁을 먹고 슬프게 울더란다. 어린애가 무슨 생각을 할 수 있을까, 어머니는 신기해하면서 나중까지 말씀하셨다. 아버지가 나를 업고 마당 감나무 주위를 돌며 달래주시던 기억이 난다. 이런 전염병의 유행은 10년 주기로 온다고 나중에 의대 강의에서 듣는다. 지금은 예방의학의 발달로 옛날 같은 큰 유행은 없다.

막내이기에 다섯 살이 넘도록 젖을 먹었다. 성인이 되어서도 한 번 마음먹으면 끝까지 밀고나가는 뚝심은, 어렸을 때 젖을 달라고 떼쓰던 버릇에서 나오지 않았나 생각된다. 여섯 살 때 가산이 기울어 이웃 동네 수촌리로 이사

했다.

"누나 나 상 탔다. 계속 상 타 올 테니 큰 상자 하나 만들어 놔" 초등학교 1학년 때 우등상을 타고 성황당 고개 넘어 집으로 뛰어내리면서 호들갑을 떨었다. 그 후 졸업 때까지 상을 타 본 적이 없다. 초등학교 1, 2학년 때 담임은 윤종숙 선생님이었다. 음악 시간에 오르간 칠 때 햇빛이 얼굴에 발그레 비치면 선녀처럼 고왔다. 1학년 때 학예회에서 '나의 살던 고향은~' 하면서 〈고향의 봄〉을 독창했다. 요즘도 텔레비전에서 어린이들이 맑고 고운 동요를 부르는 걸 보면 선생님에게 풍금을 배우며 노래 연습하던 옛날이 그리운 추억으로 다가온다. 2학년 학예회 때는 '과자 먹고 싶은 병'이란 연극에서 누나가 만들어 준 하얀 가운을 입고 의사 역할을 맡았다. 무대 밑에서 많은 사람들의 웃는 소리가 들렸다. 나중에 실제로 의사가 된 후, 이것이 아마도 운명의 암시였나 하는 생각도 해 보았다.

초등학교 4, 5학년 때 이웃의 선배들을 잘못 사귀는 바람에 나쁜 짓을 많이 했다. 아침 먹고 학교에 같이 가려고 옆집 선배한테 가면 그는 느릿느릿 책보를 챙긴다. "빨리빨리 가자, 늦었다" 하면 "극정 마라, 나허고 같이 가믄 아무 문제읍다" 그리고는 가다가 산으로 올라가 놀았다. "이런 걸 '야마고꼬'라고 헌다" 설명까지 해준다. 앞집은 삼 년 선배였는데 손재주가 좋아서 나무로 권총 같은 것을 예쁘게 잘 만들었다. 그것을 큰형이 보던 우리 집 일본 책들과 바꾸자고 하였다. 책들을 담 넘겨 주다가 아버지한테 들켜 또 야단맞았다. 그 후 아버지는 동네 아이들과 어울려서 노는 것을 허락하지 않았다. "이 동네 애들허고 어울려 놀아 봤자 배울 것이 읍다" 학교에서 돌아오면 집 밖으로 외출할 수가 없었다. 아니면 이웃 동네, 먼저 살던 집성촌 일가 집으로 가서 놀아야 했다. 이 경험은 어릴 때 친구를 잘 사귀는 것이 교육에 중요하다는 것을 깨우쳐 주었다. '맹모삼천지교'를 떠올리게 한다. 훗날 우리 애들의 유치원과 초 중학교 교우 관계에 신경을 많이 쓰는 계기가 되었다.

초등학교 5학년 때 6·25전란이 났다. 학교 옆에 문방구 겸 구멍가게가 있었는데, 오징어를 외상으로 준다기에 먹어 보니 맛이 기가 막혔다. 처음 보는 오징어는 생김새도 특이했지만 그 맛을 못 잊어 하교하면서 매일 먹었으니 외상값이 상당히 많이 쌓였다. 마음속으로 무척 걱정이 되었다. 결국 이마가 벗어진 중년의 가게 주인이 담임 선생한테 일러바친 것 같았다. 담임이던 박 선생님이 알았고 반 학생들에게 각자 집에서 쌀을 얼마씩 가져오게 하여 갚아 주셨다. 그 선생님과 반우들의 고마움을 평생 잊지 못한다. 선생님은 "웅석이는 통이 커서 상대商大로 가면 크게 성공허것다"고 말했다. 그 후로 내 인생에 '외상거래'라는 단어는 없다.

초등학교 6학년 때는 담임이 가까이 두고 심부름도 자주 시켰다. 몇몇 학생들을 뽑아 학교 소사 집에서 밤새워 공부 지도를 해 주었고, 그러다 중학교에 입학하게 되었다. 이승만의 자유당 시기로, 잠시 지방자치제를 시행하던 1950년대 초였다. 면의원이셨던 아버지는 회의 끝나고, 하교하는 나와 만나 성황당 고개를 넘어오면서 "너는 농업 핵교로 가서 농림부 장관 허면 되것다"라고 하면서 껄껄 웃으셨다. 백부가 사친 회장으로 계신 농업학교 중학에 지원하였다. 형은 계속 공부하여 판 검사하고, 나는 적당히 공부하여 아버지 뒤를 이어 농사짓도록 하려는 것이 아버지의 속마음인 것 같았다. 어린 나를 데리고 율정리 앞산에 가서 우리 산의 경계를 자세히 알려줄 때, 내 짐작이 맞다고 생각했다.

중학교에 입학한 후 영어 수학 같은 것을 공부하기가 어렵고 귀찮았다. 노는 데만 정신이 쏠렸다. 그대로 지냈다면 내 인생은, 아마 가난한 농부가 되었을 것이다. 그것이 지금보다 더 행복했을지도 모른다. 행복은 각자 마음속에 있다고 하니, 중2 늦은 가을에 휴학하였다. 이것이 내 인생의 전환점이 되었다. 이 일 년간의 휴학 기간에 고생하면서 철이 들었다. 세상을 알면서 욕심과 경쟁심이 마음 밭에 들어앉으면 행복이 들어올 자리는 없어지는가 보다. 공부도 남보다 잘해야 하고 무엇이든 남보다 앞서야 마음이 편해진다.

돌이켜 보면 한평생을 통하여 철없고 욕심 없던 유소년 시기가 가장 행복했었다. 몸이 아프면 부모의 보호를 받고, 길을 잘못 가도 부모나 선생님의 인도 아래 보장된 교육을 받았던 시절이다. 치열하게 경쟁하고 시간에 얽매여서 달음박질해야 하는 인생의 대부분은 슬픈 인생길이다. '인생은 고해苦海다' 시타룻타의 어록이라던가, 공감한다. 지금은 은퇴하고 바쁠 것도 없는 제2의 행복시대를 살아가며서 옛날 앵두꽃 피던 고향 마을을 그려 본다.

아버지의 세월

　　　　　　　매봉 약수터 산책길을 내려오면서 중학생들이 무리 지어 하교하는 것을 보니, 옛날 고단했던 나의 중학시절과 아버지에 대한 추억들이 불현듯 밀려온다.

　1950년대 초엔 6·25전란 후라 모두가 가난했다. 아버님이 젊은 시절 부자로 사시다가 오십을 넘기면서 가산을 탕진하고, 집도 줄여서 이웃 동네 수촌리로 이사 와서 살던 때였다. 전란 기간에는 머슴 출신의 큰 덩치가 장총을 어깨에 메고 사랑방 문 앞에 와서 "어르신이 위원장을 맡아주셔야 합니다"라고 여러 번 졸랐으나 "나는 모르네" 하고 묵묵부답하셨다. 볏짚 단을 추려 멍석이나 바구니를 수도 없이 만들어 쌓아놓았다. 지나고 보니 앞을 내다보는 선견지명이 아니었나 싶다.

　중학 2학년 늦가을, 귀뚜리도 슬피 우는 컴컴한 저녁에 사랑방 앞을 지나가다 부모님이 대화하는 말씀을 우연히 엿듣게 되었다. "웅석이가 한 해만 휴학을 해줘도 훨씬 나을 텐데…." 하는 아버지 말씀이었다. 내년에 대학 가는 형의 등록금을 걱정하는 내용이다. 다음 날 시침을 떼고 "형 대학 가는 데

형편이 어려우실 테니 제가 한 해 휴학 하것습니다” 라고 말씀드렸다. 아버지는 놀라면서 허락하셨다.

일 년간의 휴학 생활은 말 그대로 주경야독晝耕夜讀의 생활이었다. 아침에 일어나면 아버지께 한문을 2~3 페이지 배우고, 아침 식사 후에는 논밭에 나가 하루 종일 농사일을 하였다. 아버지는 한학 공부는 많이 하셨으나 농사일은 전혀 할 줄 몰랐다. 한문을 가르쳐 주실 때는 여러 고사故事들을 인용하여 이해를 도우려고 하시매, 아버지의 사랑이 말없이 전해졌다. 저녁에는 배운 한문을 좔좔 소리내어 읽으면서, 외우면서 뜻을 익혔다. 저녁에 사랑에서 한문을 큰소리로 읽어 내려가면 동네 아낙네들이 글 읽는 소리 들으러 담장 밖 살구나무 밑에 모여들곤 했다.

한문은 서당에서처럼 천자문부터 시작하지 않고, 동몽선습에 이어 명심보감, 다음에 건너뛰어서 맹자孟子로 들어갔다. 아마도 내가 싫증 나지 않도록 아버지가 고안한 학습 과정이었을 게다. 책을 한 권 떼면 소위 ‘책 시세’라 하여 어려운 중에도 떡을 하여 동네 어른들과 돌려먹고 대견하다 치켜 주셨으니 지금 생각해도 아버지는 내 교육에 신경을 많이 쓰셨던 것 같다. 이때 읽었던 한문 내용에는 인생을 살아가는 모든 철학이 들어 있었고, 내 일생에 삶의 길잡이가 되었다.

낮에는 하루 종일 논밭에서 농사일을 하는 꼬마 농군으로, 지게질은 기본으로 모심기, 피사리, 벼 베기, 밭매기 등 닥치는 대로 못 할 것이 없었다. 한여름 내리쬐는 태양 아래 논밭에서 일 할 때면 땀이 비 오듯 한다. '참는 데도 한계가 있어'란 말은 보통 사람들의 행복한 소리일 뿐 여름 농부에게는 해당 없는 말이다. 여름 농부의 참을성은 끝이 없다. 그때는 지금처럼 기계 영농이 아니고 모든 것을 사람 손으로 해결하는 구식 농사였다. 종일 일을 하면 피부는 까맣게 타고, 저녁에는 온몸이 쑤시고 아팠다. 하루는 한여름 내리쬐는 땡볕 아래 피사리를 하는 중에, 깨끗한 교복을 입고 학교 갔다 오는 이웃 마을 학생들을 보았다. 부러움이 하늘만 하였다. 더위를 이기지 못하고 책가방을 귀찮게 메고 가는 그들의 모습을 보면서, 복학을 하면 물불을 가리지 않고 공부하리라 굳게 마음먹었다.

일 년이 지나고 9월 25일이 돌아왔다. "내일부터 학교 나가거라. 오늘 복학 수속했다" 아버지의 말씀에 뛸 듯이 기뻤다. 휴학을 시작했던 날짜를 아버지는 정확하게 기억하고 계셨다. 농사꾼으로 살 수는 없다고 뼛속 깊이 깨달은 내가 갈 길은 오직 공부하는 길밖에 없었다. 다음 날부터 완전히 다른 인생이 시작되었고, 찬밥 더운밥 가릴 형편이 아니었다. 영어 수학할 것 없이, 문법 같은 것 따질 틈도 없이 처음부터 무조건 외우기 시작하니, 뜻은 자연히 뒤따라 왔다. 휴학 전에는 공부하는 것이 어렵고 귀찮기만 했던 중학생은, 이제 공부하는 재미와 행복감에 시간을 아껴 써야 하는 사람이 되었다.

학교 성적이 좋아지면서 주위 학우들의 호의도 뒤따랐다. 하루는 탁구 선수권자인 Y 군이 탁구를 가르쳐 주겠다고 하여 재미있게 치고 어둑할 때 귀가하였다. 뜻밖에도 아버지가 신작로 옆에 나뭇가지 땔감을 잔뜩 쌓아놓고 나를 기다리고 계셨다. "왜 이리 늦게 오는 게냐?" "탁구 좀 치고 오는데요" "탁구는 무슨 탁구! 일하면 운동되는 것을" 우리 산에서 가지를 쳐 온 것이지만, 산림청에 발각되면 무단 채벌로 벌금을 받기에, 마음 졸이며 기다리다 화가 나신 것이다. "그렇게 운동하는 것과, 일하는 것과 같은가요?" 하고 곁에 있던 형이 변명을 해주었다. 꾸중을 듣고 그 많은 땔감을 밤중까지 지게로 혼자서 져 나를 때, 눈물은 소리 없이 흐르고 어둠은 하늘의 별들이 희미하게 밝혀주었다.

복학한 후에도 집에 오면 항상 농사를 거들어야 했다. 아버지는 지게질은 할 줄 모르셨으나 내가 똥장군 지게를 질 때는 힘써서 지게에 실어주고, 밭으로 지고 가면 내려서 밭에 거름을 주는 일도 하셨다. 하루는 도랏말 논에서 볏단을 져 나를 때, 고개 턱에 지게를 받쳐놓고 쉬는데 어디서 우는소리가 들려왔다. 가만히 가보니 뜻밖에 아버지가 고갯마루에서 흙바닥에 주저앉아 땅을 치고 우시는 것이다. "아버지 일어나세요", "그만 일어나세요"하고 만류했지만 아버지는 한참 동안이나 그 모습으로 통곡을 하셨다. 이것이 처음이자 마지막으로 본 아버지의 눈물이었다. 그 뜻을 정확히는 모르겠으나 젊어서 천석꾼 재산가로 사시다가, 나이 들어 가난 때문에 어린 자식들 고생시키고 당신도 고생한다는 회한의 눈물이었는지 모른다. 살면서 울었던 것이 이때뿐이랴, 가장의 고독한 울음을 가슴으로 우셨을 것이다.

"진 변호사 그놈, 돈을 그렇게 많이 줬는데 재판에서 말 한마디도 안 해!" 하면서 화를 내시던 기억이 난다. 6·25 바로 전해인 초등학교 4학년 때이다. 일본에 유학했던 큰형이 귀국하여 교편을 잡으면서 공산당 활동을 했다. 두 번째 잡혀 들어간 것이다. 논을 다섯 마지기, 때로는 세 마지기씩 팔아서 수시로 변호사에게 줘도 재판정에서 변호사가 말을 하지 않는다. 그 시절에는 사상범이라 하면 변호사가 변론을 잘 못하다가 그도 잡혀 들어가던 시절이었다. 전부는 모르겠으나, 이런 일도 재산을 탕진하는 데 한몫했으리라 짐작된다. 서울 사시는 고모가 6·25전란으로 피난 내려왔을 때 "누님이랑 의절합시다" 하면서 돌아앉으시던 아버지 모습이 애처로웠다. 고모부가 당시 검찰총장이었는데 형무소에 들러 큰형을 빼오지 않았다고 화를 냈던 것이다. 무리한 기대였으나, 자식 사랑하는 아버지의 마음을 엿볼 수 있었다.

　그 시절 앞이 안 보이는 가난 속에서도 한문을 가르치며 향학열向學熱을 심어 주셨던 선친의 모습이 크게 다가온다. 고진감래苦盡甘來, 돌아보면 중학시절 이 눈물 나는 고생이 있었기에 공부에 전념할 수 있었고, 후회 없는 오늘이 있다고 생각한다.

청춘이 서러워

        청춘 시절에는 낭만이 있어야 맞다. 지금 생각하면 대학 시절이 빛나는 청춘이었던 것을 그때는 '낭만'이란 생각도 못하였다. 먹고살기도 힘든 시절에 낭만을 논한다는 것은 건방진 수작이었는지도 모른다. 의대생이라 계속되는 시험에 시달렸고, 가정교사를 해야 하는 쫓기는 생활 때문에 청춘이 허망하게 지나 버렸다.

  예과 1학년, 대학에 입학하던 해 여름방학에는 공주 시내 사범대학 근방에서 고3 학생들을 대상으로 1개월짜리 학원을 열었다. 문리대 언어학과의 변 선배에게 도움을 청하여 그가 영어를, 내가 수학을 맡았다. 변 선배는 나중에 외대 교수가 되었다고 들었으나 졸업 후엔 만나 볼 기회가 없었다. 아주 따뜻한 인품을 가진 사람이었다. 입학시험을 치고 난 후이기에 고3 학생들에게 시험공부 요령을 가르쳐 줄 수 있다고 생각했다. 이것이 내 고향 공주시에 학원 역사라면 처음이 될 것이다. 학비를 마련할 목적이었으나 나중에 결산은 플러스마이너스(+ -) 제로였다. 한달이 지나고 정리한 후, 터덜터덜 걸어 귀가하는데 아버지가 언덕 위에서 가만히 내려다보고 계셨다. 막내가 저

111

러고 다니는 것이 측은하다고 생각하셨는지, 아니면 이제 다 컸구나라고 생각하셨는지는 알 수 없다.

예과 2학년 때 4.19가 났는데 모두 가운 입고 동대문 쪽으로 데모를 나갔다. 나는 나가지 않았다. 아버지는 가난하시고, 집안의 기대를 받던 큰형은 6·25 때 일찍 돌아가셨고, 작은 형도 고시공부를 못 하는 상태이니 나만은 다치지 말고 꼭 성공해야 된다고 생각했기 때문이다. 이 일은 내 양심에 항상 걸렸고 나중에 월남전에 지원하는 한 가지 동기가 되었다. 예과 2년, 청량리 교정에 가을바람이 갈대숲을 스치고 지날 때 주체 못할 향수병에 걸렸다. 수업시간에 책 덮고 교실 밖 갈대밭에 나앉아 고향 생각에 잠기고, 학교가 시시하게 생각되었다. 입학식 후 오리엔테이션에서 고교 교과서 저자들인 유명 교수들이 줄줄이 나와 소개될 때에는, 과연 여기가 S대로구나 하며 가졌던 자부심이 무색할 정도로 지금은 아름다운 고향 산천만이 그리운 것이다.

겨울방학이 왔다. 의학 독어 재시험에 걸렸는데, 집에 가고 싶은 마음에 시험 치지 않고 내려가 버렸다. 한 과목이라도 D학점(60점) 이하면 낙제였는데 57점이었다. 낙제시키면 학교 그만두고 농사지을 생각이었다. 아름다운 고향의 자연 속에서 부모님 모시고 농사지으며 사는 것이 복잡한 서울 생활보다 행복할 것 같았다. 방학이 끝날 무렵 결과는 알아봐야겠기에 올라왔다. 담당 교수인 이문호 교수가 찾았다. 연구실에 가니, 그는 큰 눈을 더 크게 뜨고 "왜 재시험 안 쳤어? 자네 때문에 교수회의를 두 번이나 했잖아" "일반 독어를 100점 맞아서 낙제는 면했네" 다행이었다.

예과 시절, 초등학교 때 예쁘다고 애들이 나하고 짝꿍으로 놀려대던 고향 미인 S를 종로 2가 음악 감상실 '디.쉐네'에서 만났다. 그녀의 첫마디는 "많이 컸네"였다. 아무리 생각해도 이것은 낭만이라고 할 수는 없다. 가정교사 나가던 댁의 따님, S양을 대학 졸업 후까지 마음에 두고 있었다. 여러 해 동안 이어졌으나 일 년에 한 번 정도 만났을까, 비원에서 손 한번 잡아 보았을 뿐이다. 그것도 "아이 누가 봐요"라는 말에 얼른 놓아버렸으니 순진한 것인가 바보인가? 바보였다. 시방도 어느 하늘 아래 건강하고 행복하게 살고 있기를 기원해 본다.

매일 저녁 10시까지 담당 학생 공부 봐주고 나서 지친 몸으로 내 공부를 해야 하는 입주 가정교사 생활이 이어졌다. 초저녁부터 도서관에서 공부하는 친구들이 한없이 부러워 하루는 별러서 나도 이른 저녁부터 학교 4층 도서관에서 공부를 시작해 보았다. 한 시간쯤 지나자 속이 메스껍고 어지러웠다. 친하게 지냈던 김길중 군이 따라 내려와 약을 사다 주었다. 송충이는 솔잎을 먹고살아야 된다던가!

본과 1학년 해부학 실습을 하며 치른 시험에서 성적 우수자 몇 명을 칠판에 발표했다. 나도 95점을 받아 올라왔다. 그래서 고교 시절처럼 여기서도 두각을 나타내야겠다고 생각해 보았으나, 눈물을 머금고 날개를 접어야 했다. 전국에서 모인 수재들 틈에 끼어, 또 내가 처한 환경으로 보아 불가능한 일이었다. 궁리 끝에 공부하는 방법을 바꾸었다. 재시험은 걸리지 않게, 성적은 중상 정도로 요령 있게 공부하기로 했다. 평균 B학점 이상이면 장학금을 받을 수 있었다. 같은 상록회 멤버인 박병일 군이 "공부도 열심히 하는 것 같지 않은데 재시험 안 걸리는 비결이 뭔가?" 하고 물을 때는 쓸쓸한 웃음으로 대답하였다.

본과 3학년 여름 전국적으로 콜레라가 유행하였고 의대 3학년 학생들은 몇 명씩 그룹으로 전국 각지에 파견되어 예방접종을 나갔다. 나는 충남 논산으로 가게 되었다. 매일 긴장과 시험 속에 지내다, 많은 시간에 돈까지 지급받으니 해방감에 마음이 해이해졌다. 하루는 논산역에서 예방접종을 하고 있는데 전주로 내려가던 풍년 호가 고장이 나서 추석 귀성객들이 논산역에 내렸다. 내리면서 예방주사를 맞는데 한 여인이 나에게 꼬리를 치는 것이다. 여기에 말려든 것이 나의 청춘을 망치는 단초가 될 줄 누가 알았겠는가!

　돌아보면 내 청춘은 낭만은 고사하고 피곤한 고학 생활, 계속되는 시험지옥, 엉뚱한 여난女難 등으로 고난의 생활이었으며, 서럽다고밖에 말할 수 없는 세월이었다. 내가 상상하던 청춘의 시계는 이런 게 아니었다. 인생은 타고난 운명(사주팔자)대로 사는 것인가? 지금 그런 청춘이 다시 한번 내게 오겠다고 한다면, 망설이지 않고 사양할 것이다. 청춘이 서럽지 않게.

형兄

1. 학습지, '학원'

형은 내 인생행로에 가장 많은 영향을 준 사람이다. 3남 2녀 중 막내로 출생한 내게 바로 4년 위의 작은형이다. 그 위로 큰누님과 맨 위 큰형님은, 나이 차이 때문에 남은 기억이 많지 않다. 형은 대학 진학을 선택하는 데에도 결정적인 역할을 해 주었다. 초, 중, 고 학교생활하는 중에도 가장 영향을 많이 받았다.

초등학교 1학년 때 우등상을 타보고 그 뒤에는 상 받은 기억이 없다. 반면에 형은 매 학년 우등상 외에 개근상 등 상장을 두 개 이상 타왔다. 상장을 담는 상자는 형의 상장으로 채워졌다. 6·25사변 때 나는 초등학교 5학년이었는데 장난삼아 한 자쯤 되는 막대기를 생각 없이 집 아래로 던졌다. 하필 형의 얼굴에 맞았다. 겁이 나서 담 밑에 숨었고 형은 어둑어둑 할 때까지 나를 찾아다녔다. 날이 저물어 가자 담 밖으로 은근히 몸을 내 비쳐, 형이 발견하도록 했다. "내가 잘못했다. 걱정 말고 집으로 가자"하고 형이 달래던 기억이 난다. 이때부터 '형은 나를 감싸주는 내 편이다' 라는 생각이 들었다.

중학교에 입학하니 담임 선생이 "얘 형이 고2 학생인데 공부도 잘하고 아주 이쁘다" 하면서 학생들의 동의를 유도하여 3개 반 중 2반 반장을 시켜주었다. 그때부터 이쁜 애 동생이었다. 중학교 시절 형이 한 말 중에, 지금까지 기억하는 것들이 있다. "말은 하기 전에 입속으로 세 번을 되뇌어 보고 신중하게 해라" 실제로 형은 그렇게 하고 있었다. 중학교 2학년 말, 내 성적표를 본 형은 "여러 조각의 나무판을 돌려 통을 만들었을 때, 나뭇조각이 길고 짧으면 짧은 곳으로 물이 새어 결국 많이 못 담게 된다". 국, 영, 수 같은 주요 과목은 성적이 좋은데, 다른 과목 성적 때문에 평균 점수가 떨어졌다고 해 주는 말이었다. 형의 말을 듣고 비주요 과목에도 고루 노력하니 금방 효과가 나타났다.

중학교 2~3학년 때 소설책, 위인전 등 책을 닥치는 대로 많이 읽었다. 책을 보고 앞으로 소설가가 되겠다고 마음먹고 있었다. 그 무렵 안방에 나란히 누워 형이 물었다. "너는 장래 희망이 뭐니?" "소설가" 라고 말하니 형은 "포기하는 게 낫것다, 소설을 쓰기도 어렵지만, 쓴 소설로 독자들을 감동시켜야 되지 않것니? 얼마나 어려운 일이것니?" 그 말을 듣고 포기하였다. 그때 형은 학교 잡지에 글을 써서 선생님에게 칭찬도 받았고, 항상 우등생이었기에 형의 말이라면 모두 맞는다는 생각이었다.

서울에서 대학에 다니던 형은, 고2 때부터 '학원' 학습지를 다달이 사서 보내 주었다. 그 내용도 공부하는 데 도움이 되었지만, 무엇보다 표지에 서울 명문고 학생들의 교복을 차려입은 해맑은 사진들은 경쟁심을 자극하기에 충분하였다. 깊어가는 가을밤 텃밭에는 말라 버린 옥수숫대 넓은 잎새 사이로 스산한 바람 불어 지나고, 파란 하늘에 둥근달이 밝게 비추면, 시골 고3 학생은 달을 보고 하염없이 눈물을 흘렸다. 기러기 떼들도 서울이 있는 북쪽으로 기럭기럭 울며 날아가고, 마음도 서울을 향한 동경심과 막연한 애수에 젖어 눈물을 닦았다.

　그 시절, 우리 집 경제 사정은 대학 학비를 감당할 형편이 못 되었다. 이런 사정을 알고 있었기에 중3 때부터 사관학교에 가려고 마음을 정하고 준비하고 있었다. 중3 때 나폴레옹 전기를 읽은 후 육군 사관학교를 선택했다. 고3 때, 여름방학을 이용하여 부족한 화학을 학원에서 보충하려고 서울 형한테 올라왔다. 형은 대학생이었고 장충동 '세계대학 봉사회'에 숙소가 있었다. 하루 저녁, 형은 장충단 공원으로 산책을 가자고 하였고, 공원 풀밭에 앉아 대화하게 되었다. "왜 사관학교에 가려고 하니?" 물었다. 사관학교는 국비로 4년의 대학 공부를 할 수 있고 졸업하면 학사학위를 받는다. 우리 집 형편으로는 대학 학비를 감당할 수 없다. 사관학교는 졸업 후 장교로 임관되며 국가와 민족이 필요로 할 때엔 나폴레옹처럼 혁명을 할 수도 있다. 이런 내 말들을, 신중하게 다 듣고 난 형은 "네 말도 일리는 있다. 그러나 S대 의대에 갈 자신만 있다면, 학비 걱정은 말고 진로를 바꿔 보는 것이 어떻겠니?. 앞으로 의대가 전망이 좋을 것 같은데". 형은 법대에 다니면서 야간으로 아르바이트를 하여 돈을 상당히 모아 놨다고 했다.

　여기에 힘을 얻어 의대에 가기로 진로를 바꾸었다. '아무개도 S대에 자신이 없으니 육사에 가려고 한다'는 동기생 중에 떠도는 말도 진로를 바꾸는데 약간의 영향을 미쳤다. 그때 육사 시험문제 10년분을 통계 내어 분석하면서 공부 중이었는데, 그 자료는 같이 육사를 목표로 공부하던 삼총사라 불리던 친구 J에게 넘겨 주었다. 이렇게 군인 대신 의사 되는 길을 택하였다.

2. '참, 좋은 형이다'

드디어 입학시험 날이 왔다. 서울 명문고 학생들은 선배들이 몰려와 둥그렇게 둘러서서 왁자지껄 떠들고 웃으며 시험 치는 후배들을 응원하였다. 형도 왔다 "저런데 신경 쓸 것 없다"라고 안심시키면서 점심을 사주었다. 시험문제들은 거의가 공부한 범위에서 나왔고, 시험 끝난 후 자신 있게 시골집으로 내려왔다. 발표 날 공주 읍내로 나가 친구 집 라디오에서 결과를 들었다. 내 수험번호 3007이 첫 번째 나왔다. 앞에 여섯 명은 낙방인 것이다. 집에 와서 마루에 앉아 계신 아버지께 "합격했습니다" 말씀드리니 아버지는 무릎을 탁 치시더니 "어이쿠 이거 큰일 났네"하셨다. 입학금 준비를 못 했기 때문이다. 합격했다니 왜 기쁘지 않으셨겠나. 그러나 기쁘기 전에 부모의 책임이 앞섰던 것이다. 아버지가 쌀 세 가마니를 해 주셨고, 나머지는 형이 마련하여 입학금과 등록금을 해결해 주었다.

대학에 입학하면서 그 시절 고학 수단으로 유일했던 가정교사를 시작하여 숙식과 등록금을 해결하였다. 그러나 용돈과 의대이기에 필요한 등록금 외의 비용들은 여전히 형한테 타 써야 했다. 한 번은 용돈을 탄 지 얼마 안 돼서 또 타러 갔더니 어쩐 일인가 물었다. 예과 2학년, 옛날 경성대 예과 자리였던 청량리 빨간 벽돌 건물에서 수업할 때 당구들을 많이 쳤는데, 게임에 져서 당구비를 냈다. 형이 물었다. "졌나 이겼는데 게임값을 내 주었나?" "져 주었다"고 했다. 그 말을 듣고 형은 "게임에 이기고 게임값을 내주면 보람이 있고, 게임에 져 준다는 것과는 다른 것이다" 그 뒤부터 나는 당구 칠 때 지지 않으려고 노력한다. 이것은 당구뿐 아니라 세상 살아가면서 닥치는 모든 일에 최선을 다하는 동기動機가 되었다.

대학 초년생 때 방학에 집에 내려와 백부께 인사를 갔다. 백부님은 도내 유지로 도지사가 새로 부임하면 인사 오는 존재였다. "그래, 의대는 등록금도 비싸고 그 외에 들어가는 돈이 꽤 될 텐데 어떻게 하고 있니?" 물으셨다. "형이 해결해주고 있습니다"라고 대답하니 "참 좋은 형이다. 좋은 형이야"하고 감탄하셨다. 고 3때 사관학교에서 의대로 진로를 바꿨을 때는 "사관학교는 무관이여, 양반에 들지만 의대는 의사되면 중인이여, 양반이 못 된다 이 말이여" 하면서 사관학교에 갈 것을 권하던 백부였다. 우리 경제 형편을 아시고 걱정되어 해 주시는 말씀이었다고 생각했다. 원래 형은 집안에서 '우등생에 아주 착실하고 틀림이 없는 사람'으로 인정받고 있었다.

본과 3학년 올라가면서 청진기 등 실습 도구와 원서를 사는데 상당한 금액이 필요했다. 장충동에 방을 얻어 자취를 하던 형한테 찾아갔다. 형이 밤에 일하고 새벽에 돌아와 보니 그날 자취방에 도둑이 들어 싹 쓸어 갔고, 형은 망연자실하고 있었다. 그래도 형은 수일 후 약속한 날에 자취방을 뺀 돈을 내게 주었다. 이것이 형이 모아 놓았던 마지막 밑천인 것 같았다. 지금 생각해도 눈물이 난다. 학교에 알아보니 성적이 B학점 이상인 학생은 신청만 하면 장학금이 나온다고 했다. 그런 정보를 늦게 알고 신청하니 시골 출신의 한계가 아니었나 싶다.

형은 집안의 애경사나 행사에 빠지지 않고 인사 다닌다. 그 덕에 나는 대충 참석하면서 편하게 지낼 수 있었다. 형은 학교 졸업한 후 증권회사, 무역회사 등에 몇 년 근무하다가 로펌회사에 취직했다. 우리나라 최초의 로펌이었는데, 한 십여 년 근무한 후에 사무국장으로 승진했다. 대학 생활이, 조용히 공부할 환경이 못 되었으니 고시 공부는 할 수가 없었으리라. 작년 말, 만 80세로 로펌에서 물러 나왔다. 그 로펌에서 헌법재판소장이 배출될 때보다도, 더 성대한 퇴임식이었다고 했다. 변호사 십수 명과 전 직원이 참석하여 식을 해 주는데, 일생 동안 한 일에 보람과 긍지를 느꼈다고 말하는 것을 듣고 덩달아 흐뭇하였다.

우리 형제는 동부인하여 일산 근교 괜찮은 식당에서 점심을 먹었다. 형수는 "지금까지 여기 형제처럼 우애가 좋은 집을 못 봤네요" 하면서 눈가에 이슬이 맺혔다. 어머니로부터 내려오는 안 살림의 전통을 고스란히 지켜온 보배 같은 존재시다. 식사 후 근처 원각사에 들렀다. 부처님 얼굴에서 영산 화상의 영화 미소(부처님과 가섭제자 간의 이심전심의 미소)를 보았다. 돌아오는 길은, 세월의 두께만큼이나 쌓인 얘기들을 풀어놓을 작정인지 흰 눈이 펑펑 내리고 있었다.

월남전에 자원하다

월남 야전에서 바라보는 밤하늘의 별빛은 어릴 적 고향 하늘에서 보던 별들을 연상하게 하였다. 서울 수도육군병원에서 인턴을 마치고 1966년 봄 화천 7사단 의무중대에 발령받아 근무하던 중 그해 가을에 월남전에 지원하였다. 제일 말단, 대대 군의관으로 갔기에 계속 야전 생활이었다

육군본부로 지원서를 내러 갔을 때, 대령은 위아래로 훑어보면서 "생긴 것은 멀쩡하게 잘 생겼는데" 하면서 안됐다는 표정을 지었다. 속으로 '참새가 봉황의 뜻을 어찌 알랴' 하고 넘어갔다. 지원서를 낸 뒤 화장실에 가니 대위한 분이 따라와 "돈을 조금만 쓰면 위험하지 않은 후송병원으로 발령내줄 수 있다"고 했다. 거절하였다. 고교시절 나와 함께 삼총사라 불리던 정문기 군은, 육사 졸업 후 월남에서 소대장으로 근무하다 전사하였다. 아까운 인재였다. 그 부대 쪽으로 가서 친구의 마지막 행적을 알아보고 싶었다. 맹호부대 제1연대 2대대 군의관으로 발령받았다.

갈 때는 25,000톤급 미군 함정을 타고 갔다. 10여 일간, 망망대해에는 바

121

다와 맞닿은 하늘 외에는 아무것도 보이지 않았다. 바닷물 위로 날아오르는 물고기들과 함께 잊히지 않는 추억이다. 월남에서의 생활은 우리 맹호 용사들의 부상이나 건강을 돌보는 것이 기본 임무였다. 선무공작 차원에서 민간인 진료도 많이 했다. 장기전이기에 민간인들의 마음을 사는 것이 중요했기 때문이다. 그 나라는 의사가 귀하여 대민 진료를 나가면 어린 학생들이 빡세(의사)를 구경하러 벌떼처럼 모여들었다. 어린이들의 눈동자는 티 없이 맑고 순박하였다.

우리 2대대는 퀴논 산골짜기에 위치한 부대였다. 중대들은 산 위에 있기 때문에 순회진료 갈 때는 미군 헬리콥터를 몇 시간씩 신청하여 타고 다녔다. 한 번은 대대장 주도로 휴양지에 가는 도로를 닦다가 적들이 매설한 폭탄이 터져서 민간인 포함 12명의 부상자가 났다. 현장에 대대장과 함께 달려가서 6명은 응급처치 후 헬리콥터로 후송 보내고, 6명은 부대 의무실로 데리고 와서 일주일 내에 모두 완치시켰다. 대대장 박 중령은 '본국부터 지금까지 이렇게 실력 있는 군의관'은 처음이라고 좋아했다. 이 일이 있은 후 그는 월남 근무 동안 절대적인 신임을 주었다. 군의관이 바쁘면 부대가 안 좋은 것이라고 말하면서, 편히 지내도록 배려해 주었다. 여기 전투 지역에서는 본국과 달리 사단 참모보다, 같은 계급이라도 지휘관인 대대장이 훨씬 강하다.

의무 지대는 지대장인 나를 비롯하여 보좌관인 의무장교 중위 한 명과 하사관을 포함한 열두세 명으로 짜여졌다. 미군 편제와 같은 것이다. 인사에 공평을 기하려고 신경을 많이 썼다. 본국에서 위생병이 배치되면 처음 두 달은 지대 본부에서 지내게 하여 현지 적응을 시킨 후 중대로 파견 보냈다. 각 중대에 한 명씩 파견된 위생병이 작전에 따라 나갔다가 지뢰를 밟아 전사하는

야전막사 숙소 앞에서

일도 가끔 있었다. 위생병이 전사했을 때 젊은 죽음 앞에 울었다. '군인은 부하가 죽었을 때 만 운다'는 말에 공감한다. 정보장교가 부하를 죽게 한 베트콩이라고, 고문하면서 한번 해보라 하기에 전기고문도 해 보았다. 생똥을 질질 쌌다.

월남에서 노인층은 중국 한자로 통하고 중년층은 프랑스어로, 젊은층은 영어로 통하는 것은 그들의 슬픈 역사를 말해주는 단면이다. 이들은 조혼무婚을 하기 때문에 여자 나이 이십쯤이면 어린애가 몇 명식 딸린다. 민간인 진료 나간 동네에 하루는 예쁜 처녀가 보이기에 접근해 보았더니 그녀가 식사할 때 반찬에서 나는 비위 상하는 냄새는 온갖 정을 떨어지게 했다. 생선을 썩힌(발효한) 그들의 고유 식품이라 한다. 우리의 청국장이나 된장 같은 존재인가 싶다. 한 번은 동네 동장이 부대 장교들을 공회당으로 초대하여 식사 대접을 할 때 한 장교는 식사 중에 '웩' 토하면서 뛰어나간 일도 있었다. 실례되는 일이었지만 문화가 다른 것을 어쩌랴.

들에는 집을 잃고 돌아다니는 소들이 많았다. 큰 소를 하나 몰고 오면 십여 마리가 뒤따라온다고 했다. 부대 내에 풀을 뜯어 먹게 기르면서 가끔 한 마리씩 잡아 갈비는 저녁에 장교들 갈비 파티 하고 고기는 사병들 국 끓이는데 넣는다. 저녁에는 장교들이 모여서 포커를 했다. 나는 배우면서 하는데도 처음 두 달 동안에 4~5개월분 봉급에 해당되는 500불 정도를 땄다. 그 뒤부터는 계속 잃어 봉급이 한 푼도 손에 들어오지 않았다. 이후 내 평생 돈내기 게임은 하지 않는다. 본부중대장이 "심 중위, 오징어포를 한 더미 줄 테니, 차 있으니까 갖다 팔아 쓰시오" PX를 관리하는 그가 내 처지를 생각해 준 것이다. 하루 동안 생각해 보았다. '저것을 팔면 일 년 치 봉급이 된다' 하지만 양심에

대민진료 나가서

걸리는 일이기에 결국 정중히 거절했다.

　우리 대대는 미군과 합동으로 오작교 작전에 참가하기 위하여 뚜이호아로 이동하였다. 이동 직후, 먼저 시찰하고 돌아온 대대장은 "심 중위, 내일 대민 진료 내키지 않으면 안 가도 돼"라고 말했다. 알아보니 순찰 중에 여기저기서 총알이 날아왔다고 한다. 여기는 공산당이 강한 곳이란다. 사람들의 눈초리도 날카로웠다. 궁리 끝에 좋은 방안을 생각해 냈다. 환자로 오는 민간인들을 순서대로 들이지 않고, 내 진료 책상 주위로 모두 들어와 둘러싸게 하고 진료하는 것이다. 경호병들은 몇 개의 출입구만 지키도록 했다. 베트콩(현지 공산주의자)들도 민간인들의 환심을 사야 되기 때문에 무차별 테러는 안 할 것이기 때문이다. 이렇게 대민 진료를 성공적으로 마무리할 수 있었다. 작전 중에 주월 한국군 사령관이었던 채명신 장군이 월남 국방장관과 함께 격려차 방문하였다. 장군과의 악수는 감동적이었다. 일거수일투족에서 그의 인격과 애국심을 엿볼 수 있었다. 사후에 그는 국립현충원 파월 사병묘역에 잠들었다.

　어느덧 10개월의 임기가 끝나고 귀국 날짜가 돌아왔다. 귀국하는 장교에게는 TV 한 대씩을 PX에서 싼값에 주는 특혜가 있었다. 본국에 가져가면 상당한 금액이 되었으나 돈이 없어 포기할 수밖에 없었다. 조국이 필요로 하는 곳에서 군 복무를 했다는 보람만 갖고 갈 생각이었다. 귀국 전날 밤 내방에 TV 한 대가 왔다. 사정을 알아차린 하사관들이 십시일반 돈을 모아 받아 왔다고 했다. 대대장은 큰 가방을 선물해 주었다. 야전 막사에서 올려다 본 밤하늘에는 별이 총총하다가, 눈물에 어려 점차 흐릿해졌다

어머니, 어머니

1. 먹새

제삿날이 돌아오니, 오매 불망 자식들을 위하여 희생하고 기도하셨던 어머니에 대한 애틋한 기억들이 그림처럼 펼쳐진다. 열네 살에 선비 집에 시집 오면서 재산도 많이 가져오고, 살림해 줄 행랑 처자도 데려와 사십 대 후반까지는 편안하게 지내셨다. 그 후 가세가 기우는 바람에, 고생을 많이 하셨다. 내가 여섯 살 때, 집도 일가들이 모여 사는 집성촌에서 이웃 마을, 대문 대신 사립문이 달린 집으로 이사하였다. "이리 오너라" 사립문에서 들려오는 소리였다. 마루에서 똑닥똑닥 다듬이질을 하시던 어머니가 갑자기 "누구시냐고 여쭈어라" "양촌 홍 영감이라고 여쭈어라" "출타 중에 안 계신다고 여쭈어라" 이 예기치 않은 큰 소리에 나는 어리둥절 그만 놀래 버렸다. 개화 시절에, 부리던 하인이 없으니 있는 것처럼 의인화하여 주고 받았던 소통 방법이었다

한학 공부를 하신 아버지는 전혀 농사일을 할 줄 몰랐다. 농사일을 전담해 주는 부부가 있었으나, 이사하면서 독립시켜 주었다. 덩치가 크고 튼튼하게 생긴 어멈과 비교적 날씬하고 마른 체격의 아범은 뜰 아래 엎드려, 저희들 앞으로 지어먹던 논을 아주 주시라고 청하였다. 아버지는 담뱃대를 피워 물더니 "그렇게 해라, 그동안 고생 많이 했다"라고 말했다. 이 내외는 눈물을 보이면서 큰절을 했다. 그 정애 어멈은 어머니가 시집올 때 데려온 처자다. 삼십여 년을 안 살림해 주었고 농사일을 맡아 하던 아범과 결혼시켜 살림집을 차려 주었었다. 이사 온 후에는 일꾼도 두어 보고, 옆집에 사는 사람에게 지어먹을 논을 주고 일을 시켜도 보았으나 개화되는 시대라 직접 하지 않으면 모든 것이 어려웠다. 일꾼의 손이 미치지 못하는 일은 어머니가 했다. 곱던 어머니 손이 점점 거북이 등짝처럼 거칠어지고 갈라지는 것을 볼 때마다 마음이 몹시 아팠다.

초등학교 일 학년 무렵, 궁둥이에 난 종기가 무척 쑤시고 아팠다. 새벽에 시원한 느낌이 들어 눈을 떠 보니 어머니가 입으로 고름을 빨아, 냉수로 헹구어 내고 계셨다. 어머니의 자식에 대한 자애는 집안에서도 소문이 날 정도로 유별났다. 6·25 전란을 겪으면서, 교편을 잡고 있던 큰형의 행방이 불명해졌을 때, 어머니는 거의 실성한 상태가 되었고, 매일 눈물로 세월을 보냈다. 국군이 수복할 때 초등학교 5학년인 내가 태극기를 그려 가지고 환영 나가니 "저 어린 것이 글씨 태극기를 쓱쓱 그려 가지고 나가더라니께" 하고 대견하게 생각하셨다. 막내의 하는 짓이 약간의 위로가 되는 듯했다. 그때 어렸던 작은형과 내가 자라면서 조금씩 희망을 찾아가시는 것 같았다.

중학교 2학년 때 일 년간 휴학하고, 집안 농사일 도우며 아버지께 한문을 배우던 때가 있었다. 어머니가 부엌에서 음식 준비하실 때면, 막내인 나는 아궁이에 불을 때곤 했다. 불을 때던 하루는, 어머니가 "이 세상에서 젤 큰 새가 뭔지 아니?" 물으시더니, 대답을 못 하자 "먹새란다" 하시고 나서, 금방 아주 미안한 표정을 지으셨다. 전란 후라 먹을 것이 귀하였고 때로는 어머니는 먹었다 하고 굶으시던 시절이라, 먹새가 제일 크다고 하여, 내가 먹거리에 부담을 느낄까 봐 후회하시는 모습이었다. 미안해 어쩔 줄 모르시던 모습이 지금도 잊히지 않고, 안쓰럽다. 고향 집에는 감나무가 세 그루 있었는데 가을이면 홍시가 많이 떨어졌다. 어머니는 당신은 안 잡수시고 우리들에게 자꾸 먹으라 하셨고, 고등학생인 형은 그 뜻을 따라 잘 먹었다. 중학생이었던 나는 한 개 먹고는 어머니 드시라고 권하니 자꾸 사양하시어, 그럼 땅에 던지겠다고, 정말 던지니 할 수 없이 잡수셨다. 그러나 옛말에 일등효자는 부모의 뜻을 받드는 것이요, 보살펴드리는 것은 이등효자라 하지 않았던가. 부모님의 마음을 편하게 해드리는 것이 무엇보다 중요하다는 뜻일 것이다.

어머니는 충남 연기군 전의면, 지금의 세종시 옆 동네 부잣집에서 태어났다. 어린 나이에 시집왔을 때, 친정이 그리울 때면 그쪽 하늘을 보고 많이 울었다고 했다. 그때는 시집오면 친정에 잘 가지 못하는 시절이었다. 학교도 없었던 시절, 언문(한글을 낮춰서 부름) 선생을 데려다가 집에서 한글을 배우셨다. 내가 서울에서 대학에 다닐 때는, 배웠던 옛날식 철자법으로 편지를 길게 써 보내시곤 했다. 읽기 힘들었으나 형과 함께 이리저리 해석하면서 읽던 일들이 지금도 생생하다. 이렇게 인생이 짧을 줄 알았더라면, 그 편지들을 모두 잘 보관하였을 텐데. 어머님이 그리울 때 한 번씩 꺼내 볼 수 있게.

2. 아들들 헌티 무러봐야 되유

전에 살던 집은 외가에서 울 안에 파 준 샘이 있었으나, 이사 온 집은 샘물이 동네 저 아래 있어 물지게로 어머니가 힘들게 길어 나르셨다. 중학교 2학년 때, 하루는 아버지가 "느 어머니 힘드는데 니가 물을 좀 길어라" 하셨다. 그러잖아도 물지게 지고 힘들게 오르내리시는 것을 볼 때 마음이 아팠었는데 잘 됐다 싶었다. 다만, 샘터에 가면 아낙네들이 많은데 어떻게 할지가 문제였다. 궁리 끝에 새벽 일찍 아무도 샘터에 나오지 않을 때 부지런히 물을 길어 매일 아침 두멍(큰 물동이)에 가득 채워 놓았다. 어머니께 효도한다는 느낌이 들어 계속하였다.

중학교 때 형과 읍내에서 자취한 적이 있었다. 주말에 집에 오면 아버지께 절을 하고 부엌에서 음식 하시는 어머니께는 절을 생략하곤 했다. 얼마 후부터는 절을 받으실 때에 어머니를 부르셔서 함께 절을 받으셨다. 젊을 때는 시앗을 두어 어머니의 속을 많이 썩였다고 했다. 이제 아버지가 오십 대에 들어서라도 어머니를 배려해 주시는 모습이 행복한 가정에 이르는 길이라 생각되어 흐뭇하였다. 우리 형제가 주말에 집에 올 때면 어머니는 항상 인절미를 해 주셨다. 찹쌀을 먹으면 속이 든든하다고 생각하였기 때문이다. 어머니가 장독대에 정화수 떠 놓고 두 손 모아 빌면서 축원드리는 모습도 심심치 않게 볼 수 있었다. 그렇게 정성을 들이는 모습은 우리가 밖에서도 행실을 소홀히 해서는 안 된다는 암시를 주었다.

중2부터 고2까지는 귀가 후에 지게 지고 농사일을 많이 했다. 어머니는 그런 막내를 항상 가슴 아파하셨다. 중2 때 어느 가을밤, 학교에서 귀가하니 고개 넘어 콩밭에 아버지가 낮에 뽑아 놓은 콩을 모두 져 날라야 했다. 지게로

져 나르는데 안쓰럽게 생각하신 어머니가 따라오신다. 고갯마루에 지게를 받쳐놓고 숨을 고르는 동안, 머리 위에 떠 있는 둥근 달을 쳐다보니 공연히 눈물이 흐른다. 나는 소리 나지 않게 눈물을 닦았고, 어머니는 어린 아들 고생시킨다는 생각에 속으로 울고 계셨다. 한평생 일에서 손을 뗄 수 없이 늘 일만 하시던 어머니 생각을 하면 앉아서 공부하는 것은 죄송했던 시절이다.

고3 때부터는 농사일을 하지 않고 공부에 전념했다. 사랑방 문을 걸어 잠그고 병풍을 둘러치고 공부할 때면 어머니는 춥다고 군불을 때 주시고, 나는 더워서 잠이 오니 물을 뿌려 불을 껐다. 어머니는 그런 나를 보고 "웅석이가 군불을 때 줬더니 물을 뿌려 모두 꺼 버렸어유" 하고 아버지께 말하면서 내가 공부에 열을 올리는 것을 기쁘게 생각하셨다. 보통 새벽 2~3시까지 공부하였는데, 부모님도 안 주무시고 긴 겨울밤 12시가 되면 안채로 불러서 화롯가에 밥 반 그릇과 동치미 반찬으로 야식을 주신 후에 주무셨다. 이 야식은 시험공부하는데 체력 유지에도 도움이 되었지만 부모님의 정신적 응원을 느끼면서 큰 힘이 되었다.

아버지가 돌아가신 후, 어머니는 장손 가족들과 그대로 시골에서 지내시다가 칠순 무렵에, 농촌 일이 너무 힘들 것을 걱정하여 형이 서울로 모시고 왔다. 서울 생활이 답답하다고 안 오시려는 것을 몇 번 미루다가 오셨다. 형수가 편안하게 잘 모시고 지내던 중, 팔십이 넘으면서 병환이 생겼다. 의사인 막내아들, 우리 집으로 모셔왔다. 심심하실까 봐 할머니 한 분을 모셔와 어머니 말동무 겸 도우미 일을 맡겼다. 나는 강원도 동해시에 있는 병원에서 근무하다가 어머니의 입원이 잦아지자 정리하고 귀경하였다. 아버지의 임종도 못했는데 또 그럴까 봐 걱정이 되었다. 강원도에는 고액권이 없어 잔돈으로 급여 받고 집에 올 때면, 어머니 기쁘게 해 드린다고 큰 돈 가방을 앞에 놓아 드리던 생각이 난다.

원인 모를 빈혈이 계속되었고, 처음에는 2~3일 입원하여 수혈을 몇 병 받으면 두 달 정도 효과가 있었다. 입원은 수년 전 근무했던 서울 적십자 병원에 하였는데, 회진 때 어머니는 주치의에게 '죽을 병인가'고 은밀히 물어보셨다 한다. 당신의 남은 생을 가늠해 보려는 외로운 질문이었으리라. 나중에는 기간도 짧아졌고 수혈받기도 힘들어하셨다. 초음파로 보니 대장에 출혈점이 보였으나 체력적으로 수술받을 상황이 아니었다. 집안 어른들이 "너무 고생 시켜 드리지 마라"고 조언해 주었다. 기력이 없는 중에도 매일 몸을 깨끗이 씻는 깔끔한 성격이셨다. 의사가 되어 어머님의 병환 앞에 아무것도 할 수 없다는 사실이 나를 슬프게 했다.

우리 형제와 장손 그리고 음식 수발하던 누님이 임종하였는데, 미몽 상태이시던 어머니는 "저리 가유, 우리 아들들 헌티 무러보고 가야 되유" 그러시더니 조금 후에 "그래유? 그럼 어여 갑시다" 하고 운명하셨다. 영혼이 있고 내세来世가 있는 것인지 한참 생각하게 한다. 한번 사망했다 다시 살아난 사람들에게 '내세가 있던가'고 물으니 약 30%가 '있다'고 답했다는 기사를 오래전에 읽은 기억이 난다. 돌아가실 때는 그래도 할 만큼 효도를 했다고 생각하였으나, 묘지에서 하관下棺할 때 한없는 후회와 슬픔이 밀려왔다. 사십 중반 나이에도 고아가 된 느낌은 오래 떠나지 않았다.

싸움에 대하여

1

일생 동안 싸움을 한 번도 하지 않고 살 수 있으면 행복할 것이다. 주먹싸움을 말하는 것이다. 사노라면 피할 수 없이 싸움을 해야 하는 때가 있다. 유교적인 가르침은 남이 싸우는 것을 구경도 하지 말라고 했으나, 예과 2년 한문을 가르치던 서 교수는 "의사도 얌전만 빼지 말고 불의를 볼 때는 가운을 벗어놓고 한 방 먹일 실력을 갖춰야 해요"라는 말을 했다. 옳은 말씀이라 생각했다. 환자(약자)를 치료하고 돌본다는 직업상, 사람을 친다는 것은 어울리지 않는 말이다. 하지만 사회인이기에 살면서 최소한의 자존심을 지키고, 비굴해지지 않기 위해 도저히 피할 수 없는 싸움은 해야 했다.

군의관으로 월남에 다녀와서 안동에서 근무할 때였다. 사단 의무중대에 군의관이 치과를 포함해서 7~8명 정도 되었다. 신검 반장을 맡고 있었다. 이 자리는 매주 장정 신체검사를 주관하고, 회식 같은 행사를 통하여 부대의 단합을 끌어가는 선임장교 위치이다. 새로 부임한 K 중위는 식품을 검사하여

133

부대에 식재료를 사입하는 수의 장교였다. 소속은 병참이었으나 수의대 출신으로 의무중대와 가까이 지냈다. 헌병 중대장과는 동향으로 친한 사이라 했다. 호남의 유명 깡패라는 소문을 들었다. 전입 오면서도 대전에서 싸우고 왔다면서 얼굴에 멍이 남아 있었다.

하루는 군의관들 저녁 회식하면서 K 중위도 불러 전입 환영 파티를 겸하였다. 거의 끝날 무렵 계산을 하고 방으로 돌아오니 술판은 완전 난장판이 되고, 술 주전자가 날아다녔다. 수습하고 K 중위만 남고 모두 귀가시켰다. 그는 모두가 자기를 왕따시켜 화가 났다고 말했다. 덩치가 크고 인상이 거칠어, 겁 많은 군의관은 신발도 제대로 못 신고 귀가했다. 둘이서 남아 2차를 하면서 위로해 보낼 생각이었다.

둘이서 고급 술집으로 갔다. 들어가 술상을 받자 그는 맥주를 단숨에 들이킨 후 이빨로 유리컵을 으적으적 씹어서 옆에 앉은 색시들에게 후욱 뿌리고 깨진 컵으로는 특별 접대하려고 내 옆에 앉은 그 집 지배인의 대머리를 팍팍 찍는 것이 아닌가. 이것은 나에 대한 도전이다. 더 참는 것은 비굴하다. "K 중위 일어나!" 하면서 한 방 갈겼다. 벽과 캐비닛 사이로 처박혔다. 나는 '초능력의 힘'을 믿는다. 그날 저녁 그의 오른 주먹이 올라가는 것을 보면서 내지른 앞차기는 어찌 그렇게 정확했으며, 박치기 한 번에 그 거구를 어떻게 눕힐 수 있었을까. 달밤에 그 좁은 담을 어떻게 신작로처럼 뛸 수가 있었을까. 인간의 초능력이 아니고서는 설명이 안 된다.

다음 날 새벽에 안동 시내에 소문이 쫙 퍼졌다. '안동 모 사단의 제일 주먹은 심 대위다.' 일 년 후배 군의관 김 대위가 살금살금 뒤를 밟으면서 다 봤다고 했다. 그 후부터 K 중위는 내게 형님같이 대했다. 생선이나 닭도 그전과 달리 좋은 물건들이 들어왔다. 뇌물 받지 않고 우직하게 처리하는 것도 그 당시 깡패들의 기질이었다. 트럭에 싣고 우리 집 앞을 지나면서 한 박스 씩 떨궈주는 일도 있었다. 소문이 퍼져 퇴근 후에 다방에 앉아 있으면 시내 태권도 사범들이 찾아와 깍듯이 인사를 했다. 왕 사범 한 분은 때때로 나를 에스코트까지 하고 다녔다. 생전 격투기를 정식으로 배워 본 일도 없는 몸이 이상한 대접을 받고 있는 것이다.

신검 반장을 마치고 전역하는 전임들을 보면 은밀히 상경하였다. 내가 제 대하고 귀경할 때는 헌병대장이 초대하는 점심 먹고, 마련해 준 기차표 받고, 출발 시엔 역에 주둔하던 헌병 소대원들이 일렬로 서서 거수경례를 하는 의 식도 받았다. 업무를 합리적으로 처리한 결과인지, 싸움을 잘 한 때문인지는 알 수 없다. 그날 밤 K 중위와 부딪쳤을 때는 '호랑이에 물려가도 정신만 차 리면 산다'는 말을 떠 올렸다. 공포심이 없으면 용기가 생기지 않는다. 용기 란 공포恐怖의 다른 형태라 생각한다. 싸움에 이기려면 머리도 써야 한다. 상 대방의 심리 변화도 잘 파악해야 되기 때문이다.

2

술을 좋아하여 술집에 자주 드나들었다. 50대 초반에 봉천동 서울대입구 역 근처에서 개업할 때다. 근처에 위치한 단골 '藝'카페에 가서 카운터에 앉 아 마시고 있었다. 기억에 별로 중요한 일도 아닌데 시비를 걸어왔다. 고교 후배라고 인사하고 지내는 사람인데 복싱을 했다고 들었다. 힘없는 의사 선 배를 손 좀 봐줄 심산이었는지 내 앞 술잔 옆을 탁탁 치기까지 한다.

주위에 잘 아는 사람이 둘이나 있는데도 모른 척하고 말리지 않는다. 도망

나오고 싶었는데 늦었다. 지금 나가면 비겁한 사람이 된다. 새로 바뀐 주인 마담도 남의 일처럼 구경만 한다. 일어나서 한 대 갈겼다. 의자 사이에 뻗었다. 목을 밟고 버릇을 가르치려는 순간, 그때서야 사람들이 말렸다. 세상 돌아가는 인심이 이렇다. 나보다 잘 나가는 놈 얻어맞는 꼴 좀 보자는 심리로, 뻔히 보면서도 외면하고 말리지 않는다. 싸움이 싱겁게 끝난 후, 그는 양주 한 병을 가져와 공손하게 한 잔 따른다. 같이 마시자고 했지만 "천천히 드십시오" 하고 제 자리로 물러난다. 이것도 그 시절 논다는 친구들이 하는 짓이다. 며칠 후 가니까, 푼수 같은 마담은 "어떻게 한 방에 개구락지처럼 그렇게 뻗는다요?" 하고 깔깔 웃는다.

무슨 격투기를 배워서 그런 것은 아니다. 전에 광화문을 지나다가 택시 기사들 싸우는 것을 보았다. 한 사람이 손을 쫙 펴서 엄지와 검지 사이 간격으로 상대방의 목을 내려 치니까 맞은 사람이 꼼짝 못하는 것이었다. 이것은 위험한 공격이다. 목은 숨통 신경이 있는 부위다. 하지만 사나이가 비굴해지는 것은 참을 수 없는 일이다.

싸움은 피하는 것이 제일 좋다. 피할 수 없을 때는 말로 때려보는 것도 경우에 따라서 효과가 있다. 자신 있게 "너 나한테 한번 맞아볼래?"하면, 많은 경우 꼬리를 내린다. 센 놈일수록 더 잘 내린다. 센 놈에게 약하고 약한 놈에게 강하게 굴기 때문이다. 꼭 부딪쳐야 할 때는 선제공격을 해야 한다. 선제공격을 제대로 하면 그 싸움은 대개 이긴다. 그래도 상대하기가 힘들면 공격한 후에 삼십육계가 제일이다.

동해시에서

　　　　　사십 즈음에, 일 년간의 인생 몸살을 앓은 끝에 정신을
차리고 일어선 곳이 동해시 효가리였다. 동해시는 묵호읍과 북평읍(송정)이
합쳐진 행정구역인데 두 도시 간 거리는 7~8km쯤 된다. 북평 읍내에서 의
원을 하는 노老 원장이 신작로 가에 논을 메워, 넓은 마당이 있는 3층 병원 건
물을 하나 더 짓고 진료원장을 구하고 있었다. 차들이 지나는 대로이고 인가
는 20채도 안 되는 한가한 마을인데, 기본급으로 준다는 보수가 술값은 되겠
기에 일을 시작하였다. 놀려면 묵호로 나가야 된다.

　묵호에는 놀기 좋은 곳이 많았다. '어달리'는 묵호항 어판장 근처에 바닷가
를 따라 형성된 횟집촌이다. 횟집 3~4m 앞 바다 위에 조그만 바위섬들이 있
었는데 거기에 술상을 차려 놓고 마시기를 좋아했다. 혼자서 마실 때도 있고,
단골 요정 '삼정'에서 치마를 데리고 갈 때도 있었다. 바다가 항시 노려보았
다. 소주를 한 병 마실 때는 얌전히 노려보다가 두 병째 마실 때는 바다가 요
동을 친다. 앞에 앉은 여자를 욕심내지 마라는 경고인 것 같다. 세 병째 마실
때는 또 조용해진다. '걱정 마라, 치마만 보일 뿐 여자는 안중에 없다'는 내 속

마음을 알아차린 듯하다.

간호사의 오라버니 되는 분에게 점심을 대접받은 물회 집이 인기 있는 식당이었다. 규모는 크지 않았는데 맛이 있어 자주 찾았다. 하루는 서울에서 내려와 같이 근무하게 된 김 선생과 함께 갔다. 옆자리에 부인들이 모임을 하고 있었다. 품위도 있어 보이고 회장인 듯한 분은 나이도 연배 되어 누님이라 부르며 말을 걸었다. 우리가 효가리 서울 정형외과에서 근무하는 사람들이라 소개하니 그들은 묵호 선장 부인들 모임이라 했다. 하루는 그 부인들 몇 명이 차에 싱싱한 생선을 두어 박스 싣고 와서 병원에 내려 주었다. 오후 3시 경인데 병원 문 닫고 무조건 나오라 했다.

차는 나와 김 선생을 태우고 삼척을 향했다. 묵호에서 놀면 소문이 난다고 했다. 삼척에선 카바레로 들어갔다. 춤도 못 추는데 어떡하나 하는 걱정은 오래 할 필요가 없었다. 안쪽 술 마시는 방으로 안내되었다. 웨이터에게 사전에 팁을 주는데 핸드백에서 돈을 다발로 꺼내 준다. 알고 보니 선장들은 어촌에서 제일 부자들이었다. 오징어를 만선해 들어오면 기름값 등 경비를 제하고, 반은 무조건 선장 몫이고, 나머지 반을 모든 선원이 나누는데 선원들이 처분할 길을 모르니 자기 몫을 선장에게 반값에 넘긴다고 한다.

선원들이 불쌍하였다. 보름 이상 한 달씩 걸리는 원양어선에서 돌아오면 자기 몫을 선장에게 헐값에 넘기고 집에 갈 때까지 그 돈으로 술집을 들러 들러, 집에 가면 빈털터리가 된다. 먼 바다에서 사고라도 나면 생명을 잃는다. 어촌에선 그래서 제삿날이 한날인 경우가 많다고 했다. 부인들은 남편을 기다리느라 눈도 지치고 남자도 그립다. 어떤 때는 굶주린 고양이처럼 밤새도록 운다.

묵호는 항구 도시답게 유흥가가 발달되어 있었다. 술집에 갈 때는 거의 김 선생과 같이 갔다. 그는 강남성모병원 방사선과에서 근무했었고 인품이 넉넉하여 외롭지 않은 상대가 되었다. 그는 가족들과 함께 내려와 있었는데, 밤새 마시고 돌아올 때는 부부 싸움을 편지로 했다. 저쪽에서 편지가 오면 읽어보고 신중하게 답장을 써서 병원 심부름하는 총각을 시켜 전한다. 그러다 보면 서로 화가 풀리는가 보았다. 아름다운 부부 싸움이었다.

병원 옆길로 올라가는 무릉계곡에서 관광버스가 전복되어 환자가 모두 우리 병원에 입원된 것은 부임한 지 두 달쯤 되었을 때다. 환자 치료가 마무리된 후 치료비를 강원여객에 청구했다. 그때는 보험회사와 자동차 회사가 반씩 치료비를 부담하는 책임보험밖에 없던 시절이었다. 차일피일하고 지불하지 않는다. 묵호에서 개업하는 후배 J 원장에게 알아보니, 재벌 회사에 힘 있는 국회의원이 총수라 강력하게 요구하지 못한다고 했다. 지방문화라 생각되었지만 한심한 생각이 들었다. 회사 책임자와 약속한 날 강릉 회사로 찾아가 강력하게 요구하였다. 점심때쯤 큰 가방에 돈을 가득 받아 가지고 동행했던 김 선생과 함께 돌아올 때, 열어놓은 차창으로 불어 들던 시원한 바람을 지금도 잊을 수가 없다.

그 시절 자동차보험은 한국 자보가 독점하던 때였다. 강릉에 지점이 있었는데 C 과장은 "자보 환자를 치료한 실적이 있어야 됩니다"하며 우리 의원醫院의 자보 계약을 미루며 안 해주었다. '그렇다면 실적이 쌓일 때까지, 우리가 치료한 환자들은 일반 숫가로(비싸게) 청구하겠다'고 맞받았다. 그의 입장이 난처하게 될 즈음, 서울에서 최 부장이 감사 차 내려왔다. 내려오자 "여기 강원도에 서울에서 S 원장이 내려왔다는데 어디 있는지 알아보라"고 했단다. C

과장은 황급하게 찾아와서 사과했다. 한국 자보가 수가酬價 작업을 다시 할 때 자문해 준 관계로, 본사 간부직원들과는 친분이 있는 사이였다. 이런 일개 회사에서도 터무니없는 구실로 갑질을 하고 있구나, 라는 생각에 오랫동안 마음이 아팠다.

수입에 따라 더 받기로 한 보수가, 그 당시 정형외과 의사들 봉급의 두 배 이상 되었다. 내가 데리고 있던 운전기사의 봉급도 그쪽에서 부담하는 조건 이었다. 술 마시고 노는 데는 충분하였으나 월 말 통장을 보면 남는 것이 별 로 없었다. 지출을 줄이려고 시도해 보았으나 쉽지 않았다. 시월로 접어들자 계절이 바뀌면서 바닷가 마을에는 싸늘한 바람이 세차게 불어 적막해지기 시작했다. 그 무렵 어머니의 병환도 점점 심해져서 임종이 가까워졌다는 느 낌을 받았다. 상의한 후, 섭섭해하는 노老 원장과 헤어지기로 하였다.

귀경길에 들른 망상 해수욕장은 파도만 부서질 뿐 쓸쓸하기 그지없었다. 지난여름 원색의 물결로 춤추던 군상들은 다 어디로 갔나. 귀청을 울리던 재 즈와 록 음악의 선율은 다 어디로 증발하였나. 우리네 인생도 이렇게 흘러가 는 것이겠구나 생각하면서, 말이 없는 바다와 작별 인사를 하였다.

살며 부딪치며

이 세상을 혼자서 살아갈 수는 없다. 아리스토텔레스가 '인간은 사회적 동물이다'라고 일찍이 갈파했듯이, 사람은 항상 타인과 크고 작은 일에 부딪치며 살도록 되어있다. 한 세상 살아가는데 아는 친구가 많고 발이 넓으면 훨씬 편하다고 한다. 그중에도 경찰 계통, 검찰-법원계통, 세무계통, 이 세 곳에 확실한 친구 한 사람씩 있어야 쉽게 살아갈 수 있다고들 말한다. 이것은 부정한 청탁을 하려는 것이 아니라, 살면서 억울한 일을 당하지 않기 위하여 필요하다는 것이다.

70년대 후반에 홍제동에서 개원하고 있을 때였다. 정형외과이기에 자동차보험(자보) 환자를 많이 치료하였다. 종합소득세 낼 시기에 세무서에 보고된, 자보에서 지급된 치료비 명세서를 보니 액수가 거의 두 배로 부풀려져 있었다. 내용을 자세히 보니 같은날 같은 수령액이 두 번씩 찍혔다. 보험사 전산담당 과장에게 따져 물으니 "컴퓨터에서 찍혀 나온 것인데, 다른 병원들까지 자료가 방대하여 일일이 다시 고칠 수 없다"고 잡아 뗐다. 컴퓨터가 도입 되던 초기였다. 기계 잘못이지 본인들 잘못이 아니라는 무책임한 답변이었다. 자료에 오류가 있는 것을 뻔히 알면서 그대로 세금을 낼 수는 없었다.

생각 끝에 서울지방 국세청에 근무하는 고교 동기 E에게, 저녁에 전화를 걸어 도움을 청하였다. 이 친구는 "그런 것을 수정하려면 복잡하다"라고 말이 길다. 섭섭하였다. 친구라면 이런 때에, 좀 도와줘야 될 것 아닌가 하는 생각이었다. 부정한 청탁은 아니지 않은가. "지금부터 너하고 친구 하지 않겠다" 하고 성급하게 전화를 끊었다. 다음 날 아침 출근하자 친구가 찾아왔다. 웃으면서 같이 가자고 했다. 보험사 전산과장에게 가면서 '아무 말 하지 말고 따라만 오라'고 했다. 거기서 과장과 몇 마디 간단한 대화를 한 후 돌아왔다. '부실자료를 제출하면, 제출기관이 세무조사를 받을 수 있다'고 했다 한다. 나오면서 차 한잔 나누고 병원에 도착하니 간호사가 "보험사에서 전화가 두 번이나 왔어요" 했다. 곧바로 수정 보고하겠다는 소식이다. 세무조사를 받는다는 것이 무서운 일인 것 같았다. 요즘도 친구와는 변함없는 우정을 나누고 있다.

하루는 교통사고 환자로 만삭의 산모가 들어왔다. 우리 병원 옆에는 P 산부인과가 있어 필요할 때는 연락하여 왕진을 청할 수 있었다. P 원장에게 연락하여 산모 환자를 보이니 아기가 온전하지 않은 것 같다고 했다. 환자에게 설명하고 J 종합병원으로 이송시켰다. 한 달쯤 후 풍채가 좋은 신사 한 분이 찾아왔다. "여기서 위험하다고 한 아기는 지금 출산하여 잘 크고 있습니다" 자기는 아기 할아버지라 하며 책임 추궁과 보상을 요구하는 태도였다. 법에 문외한이니 이것이 법에 걸리는 것인지 알 수가 없었다. 고교동창인 J 검사에게 전화를 걸었다. 얘기를 다 들은 친구는 "그놈 똥방뎅이를 차서 내쫓아버려"한다. 저쪽에서 눈치를 보던 그 신사는 얼른 일어나 도망가버렸다. 잘 낳고 잘 크는 경우엔 아무런 죄가 되지 않는다고 했다. 막막할 때 전화하여 도움받을 수 있는 친구들이 있다는 것이 행복하게 느껴졌다.

90년대 초였다. 우리 차가 이수교차로에서 대기하다가, 신호를 받고 U턴을 할 무렵 과속으로 직진하던 택시가 와서 받았다. 그 차가 바뀐 신호등을 무시하고 달린 것이다. 가까운 파출소에 같이 갔다. 거기 순경은 귀찮은 듯 쌍방 사고라고 했다. 교통사고 환자를 많이 다루는 정형외과를 하다보니 교통법규를 많이 알고 있었다. 설명을 해도 소용없을 것 같기에, 밖에 있는 공중전화로 나가서 시내 경찰서 간부로 있는 친구에게 상황을 설명하였다. 잠시 후 걸려 온 전화를 받은 파출소 순경은, 담배를 연거푸 피우더니 양측을 다시 불렀다. 종이에 그림을 그려가며, 이제는 택시의 잘못이라고 한다. 그제서야 택시 기사는 "사실은 남양주로 가는 장거리 손님을 태우고 좀 과속으로 가는 길이었다"라고 본인 잘못을 인정하였다

교통사고로 병원에 오는 환자가 많다 보니 경찰이 병원으로 나와 사고조사하는 것도 많이 보았다. 사고조사 나온 형사 중에 사고 경위를 파악하기도 전에, 먼저 가족 중에 공무원이 있느냐는 등 환자의 배경을 항상 캐묻는 사람이 있었다. 그는 올 때마다 그런 식으로 조사를 한 후, 아무 백이 없는 사람에게 잘못을 돌렸다. 참 나쁜 사람이라는 생각이 들었다. 하루는 불러서 "당신 목이 두 개쯤 되오?" 하니 "무슨 말씀인지?" 처음엔 무슨 말인지 알아듣지 못했다. "그렇게 배경부터 조사하는 것이 정도正道는 아닌 것 같은데" 그 뒤부터 그는 조심하였다. 젊은 혈기에 정의감에서 한 말이었다. 요즈음 경찰에서, 수사권을 검찰과 나누자고 주장하는 것을 보면서 개인적으로는 시기상조라 생각한다. 나누려면 경찰에서도 사회정의와 법에 대한 전문교육을 받은 후

에 신중하게 접근해야 될 일이다.

주위에 도움받을 친구가 없는 많은 사람들이 억울한 일을 당하고 살아내야 하는 것을 생각하면 마음이 아프다. 우리 사회에 법과 원칙이 바로 서는 날, 나라의 앞날도 반석 위에 설 것이다. 공무원을 포함한 모든 국민이 노력하여 정의를 바로 세우는 날, 사회갈등이 줄어들고 사회통합도 이루어지리라 믿는다. 한국 보건 사회 연구원의 보고에 의하면 1995년 이래 우리의 사회통합지수는 OECD 30개국 중에 29위를 벗어나지 못하고 있다 한다. 법과 원칙이 바로 서지 못했기 때문이라 생각된다. 하루속히 공정한 사회가 이루어져 서로 믿고 배려하면서 살 수 있는 선진사회가 이루어지기를 기대해 본다.

대책 없는 친구들

　　　　　　　　살다 보면 주위에 대책이 안 서는 친구들을 볼 때가 있다. 무슨 생각을 하고 있는지, 옆에서 볼 때는 답답하기 짝이 없다. 1980년대 후반 봉천동 서울대입구역 사거리 근처로 개원 자리를 옮긴 후, 이런 친구들을 만난 해프닝들을 생각하니 실소가 절로 나온다.

　90년대 초 우리 병원 옆에 K 한의원을 운영하고 있던 K 원장이 있었다. 면허는 없이 한의사를 고용해서 운영하였다. 풍채가 좋고 외모가 훤칠한 그는 동향이라고 가깝게 다가와서 서로 교류하며 지냈다. 어느 날부터인가 그가 안 보이기 시작했다. 들려오는 소문에는 무슨 잘못이 있어 구속되어 있다고도 했다. 그러던 어느 날 내 진료실로 그의 아들이라는 젊은이가 찾아왔다. 아버지가 대전에 구속되어 있다고 하면서 "아버지가 찾아뵈라고 하여 왔습니다" 무슨 죄를 지었나 물으니 모른다고 한다. 경찰 간부로 있는 친구를 생각하고 "경찰에 부탁하여 볼까?" 물으니 경찰의 손은 이미 떠났다고, 검찰 소관이라고 했다. 아무 내용도 모르면서 누구한테 부탁한다는 것이 말이 안 되었다.

젊은이가 간 후에 가만히 생각해 보니, 냉정하지 못한 내 성격 탓에 마음에 걸린다. 오죽 답답했으면 나한테 아들을 보냈을까. 대전 J 일보 편집국장으로 있는 친구 H에게 전화를 걸어 부탁을 하였다. "무슨 죄목이래?" "모르겠는데" 경찰의 손은 떠났고, 검찰 소관이라고 말해 주었다. 내용도 모르고 무작정 부탁하면서, 가까운 친구지만 염치가 없었다. 수일 후 친구한테서 전화가 왔다. 검찰에 가서 부탁을 하니 "죄질이 나쁘다"라고 하더란다. "그렇게 힘든 일이면 그만두라"고 말하고 왔다 했다. 무슨 죄인지 친구도 모르고 부탁한 것이다. 보름쯤 지난 후 K 원장의 환한 모습이 봉천동 거리를 활보하고 있었다. 그는 석방 기념으로 동네 해물탕집에서 점심을 샀다. 지금 김영란법을 적용해도 그 범위를 넘지는 않을 것이다. 식사하면서 무슨 사건이었나 물어도 대답을 회피하였다. 여자 문제라는 소문만 들려왔다. 잘생긴 외모가 인물값을 한 것이구나 짐작하였다.

2000년대 초에는 대학 동기 Y가 진료실로 찾아왔다. 체구가 작달막해서 별명이 꺼꾸리라 하였고, 학생 때부터 재시험을 많이 걸리기로 유명하였다. 명문 K고 출신인데 가정 사정이 여의치 않아 공부할 환경이 안 되었다고 들었다. 첫마디가 "나 좀 살려줘"였다. 인천에서 개원하고 있었는데, 사무장이 조그만 수술을 하는 중에 경찰이 덮쳐 현장에서 무면허 의료 행위로 면허취소된 상태이다. 직원인 간호원이 제보했다는 소문을 들었다. '이 세상 모든 일은 가까운 데서 시작된다(近者之所行)'는 철학을 한번 더 새기게 된다. 무슨 재주로 이 친구를 도와주나, 대책이 서지 않았다

친구 J 변호사가 떠올랐다. 그는 열아홉 살에 양과에 합격하였다. 천재라고 그당시 매스컴에 요란하였고 지금까지 그 기록을 깨지 못하고 있다 한다. 여

기에 부탁하면 좋은 방법이 있지 않을까 생각되어 전화를 걸었다. "여기 불쌍한 양 한 마리 보낼 터이니 잘 좀 보살펴 주시오, 돈도 없으니 무료 변론해 주시고, 나중에 하느님한테 받으시오" 그는 껄껄 웃으면서 보내라고 했다. 지금까지 꺼꾸리는 그의 고교 동기 변호사 여러 명에게 부탁하였으나 성공하지 못했다. J 변호사는 천재답게 접근법이 달랐다. 다른 변호사들처럼 '이 사람 가정형편이 어려우니 선처를 부탁한다'는 변론이 아니었다. '면허취소되었으면 외국에 머무를 때 복지부 및 외교부에서 본인에게 그 사실을 통보하였는가? 안 했다면 당국의 잘못이 아닌가?' 이렇게 변론의 발상이 달랐다고 한다. 일 년이 채 되지 않아 면허를 되찾았고, 그 후 수개월 만에 그동안 의료행위를 못하여 입은 손해배상까지 받아냈다. 오늘도 꺼꾸리는 지방도시에서 노구를 이끌고, 의사로서 진료업무에 충실하고 있다.

대책 없는 사람들을 이렇게 말하고 있는 중에, 대책 없는 사람이 하나 더 나온다. 죄명도 모르고 무데뽀로 친구한테 전화 걸어 부탁하는 사람, 변호사 수임료 준비도 없이 하느님을 팔아 무료변론을 청하는 이 사람은 대책이 있는 사람인가. '나는 연민의 정이, 인간의 정도正道를 그르치는 꼴을 너무나 많이 보아왔다'고 토로하는 쌩떽쥐뻬리의 책을, 그때 읽었더라면 처신處身이 달랐을지 모른다.

제비 선생

L은 고향 친구이고 고교 동기이다. 학교는 다르지만 발이 넓어서 명예회원으로 참석하곤 했다. 내 나이 사십 즈음에 일 없이 일 년간 놀던 때가 있었는데, 소인小人이다 보니 대로大路 행을 못하고, 한가한 시간에 술 많이 마시고 여자도 가까이하는 생활을 했다. 그는 자청하여 자기 차로 운전도 해 주고 친구도 해 주었다.

체구는 건장하고 외모는 호랑이상이라 여자들이 처음에는 가까이하려 하지 않았다. 하지만 나가서 춤을 한번 추고 돌아오면 바로 '오빠'가 된다. 내 쪽으로 몰리던 여성들이 모두 그쪽으로 간다. 그래서 별명이 '늙은 제비'이다. 고교 때부터 춤을 잘 추었다고 들었다. 춤뿐 아니라 여자들의 심리 이해에도 전문가이다. 장거리 운행 시에 차 연료를 좀 넣어 주려고 하면 "내 차에는 내가 넣는다"며 양보하지 않았다. 항상 같이 다니다 보니 여자를 대하는 법도 배웠다. 제일 먼저 배운 것은 '여자는 사귀는 것보다, 떼는 것이 훨씬 더 어렵다'는 것이다.

한 번은 강원도 출신의 한 여성을 소개받고 사귀었는데, 헤어져야겠다는 판단이 섰다. 이 친구에게 배운 대로 했다. 좋은 식당에 가서 음식을 잘 시켜 먹고 술도 좀 먹고 나오면서 코를 횡 풀어 전봇대에 닦았다. 길가에 침을 탁 뱉기도 했다. 길바닥에 버려진 담배꽁초를 주워서 피웠다. 그 길로 그녀가 운영하는 서초동 카페에 가서 또 술을 마셨다. "여기 술을 따라야 될 거 아냐, 임마" 옆자리 손님에게 시비를 걸었다. 그 직후에 결별 선언을 받았다. 이런 행태는 보통 독한 마음을 먹지 않으면 할 수 없는 짓이다. 그녀에게 자존심을 남겨주겠다고 나 자신을 망가뜨리던 알량한 배려가 지금은 가슴을 파고드는 회한으로 남는다.

하루는 지방으로 나들이 갔다 온양 근방에 오다가, 길가에 가방을 들고 차를 기다리는 묘령의 처녀를 보았다. 제비 선생은 자동적으로 그 앞에 차를 세웠고 목적지인 서울까지 데려다준다고 했다. "아 여기 학교에 근무하시는 선생님이시군요, 주말에 집에 가시는 길이네요" 뒷자리에 탄 여인에게 깍듯이 대하는 내 말이 떨어지기가 무섭게 이 친구가 말했다. "버스로 가시는 게 오히려 편하시것네유, 버스 정거장꺼지 모셔다드리지유" 내려준 뒤 교육을 받았다. 콧대가 센 여성일수록 무시해 버려야 쉽게 사귈 수 있다는 것이다. 콧대를 세워 주면 어색해지고 멀어진다고 했다. 이 교훈(?)은 그 후에 주옥같은 가르침이 되었다.

몇 년 후 봉천동에 개원을 준비하면서, 아이들 학군 관계로 집을 강남으로 이사하였다. 집을 보러 다니다 시원한 음료가 생각나서 길가에 다방 겸 카페로 보이는 지하공간으로 찾아갔다. 차를 준비하는 여성을 보니 하늘에서 떨어진 선녀였다. 저 여자와 석 달만 같이 살아도 소원이 없겠다는 생각까지 들었다. 뛰는 가슴을 가라앉히고 제비 선생에게서 전수받은 비법을 생각해 보았다. 저 정도 미모라면 외모에 대한 자존심이 있을 것이다. 무시해 버렸다. 앞에 앉으라 하니 쟁반을 갖다 놓고 와서 얌전히 앉는다. "외롭죠, 삼일 후에 데리러 올 테니 짐을 싸놓고 기다리시오." 다짜고짜 말했다. 반응이 조용하다. 반은 그러겠다고 말하는 것으로 보였다. 그녀와 사귀는 동안에 가까운 고교 동기들을 그녀 집으로 초대하라 하여, 얌전한 양반집 음식도 대접받았다. 경상도 좋은 집안의 따님이었다.

제비 선생에게서 들은 것 중에 지금도 기억하는 것이 있다. 자신을 위하여 살고, 돈도 나를 위하여 쓰라는 것이다. 또 여자는 고급으로 사귀어야 헤어질 때 힘들지 않고, 영혼이 자유로울 수 있다고 말했다. 유소년 시절을 가난하게 살아오면서 근검절약만을 미덕으로 알고 지내던 내게 자신을 위하여 쓰라는 말은, 나이 들어 돌이켜 보니 인생을 후회 없이 살아오게 한 명언이었다.

신촌에서 개원하고 있던 어느 날 그가 예고 없이 찾아왔다. "나 오늘 귀빠진 날이여." 저녁 먹고 카바레로 갔다. 거기에 가면 그는 춤을 추고, 나는 술을 마시면서 구경하는 식이다. 미모의 여성과 동행하고 있었다. 그러면서도 외롭다고 했다. 인간은 태초부터 고독한 존재였나 보다. 다른 때는 안 보이는 데서 추고 나왔으나, 그날은 내가 잘 볼 수 있는 곳에서 추었다. 바라보니 사람이 음악에 맞추는 것이 아니라, 친구의 엉덩이에 음악이 맞추고 있었다. 예술이었다.

인생의 삶에 정답은 없다. 하지만 춤을 추는 그와 구경하는 내가 진정한 자기 자신을 찾아서 늦기 전에 우리들의 영혼이 원하는 삶을 살게 되기를 마음속으로 빌었다.

술을 끊으면서

술과 건강에 대하여 많은 말들이 있다. 적당량의 음주는 건강에 좋다고 많이 알려졌다. 와인에는 '폴리페놀'이라는 항산화 물질이 함유되어 있어, 몸에 해로운 활성산소를 제거해 줌으로써 항암효과가 있다고 했다. 그 외에 성인병 예방과 피부미용에도 좋은 효과가 있다는 발표도 있었다. 막걸리에는 이 성분이 더 많이 함유되어 있다고 한다. 원래 술을 좋아하고 많이 마셔왔기에, 수년 전 수술을 받은 후에도 저녁 식사 때는 와인 한 잔씩을 마시고 있다. 40여 년 피워 오던 담배는 그때 끊었다.

젊은 시절에는 대책 없이 술을 많이 마시고 다녔다. 그 시절 함께 마시고 다니던 친구들은 '같이 술 마시러 가면 별 천지에서 마시는 것 같았다'고 회상한다. 동부이촌동 한강맨션 1층에도 단골 카페가 있었는데, 어느 해 크리스마스이브에 가니, 손님은 나 한 사람이었다. 사장은 재일교포 출신으로, 모 탤런트의 전 남편이다. 피아노 치면서 노래를 잘했다. '눈이 내리네, 당신이

가버린 지금…'. 둘이서 술 마시다 노래하다 하면서 작은 국산 양주를 예닐곱 병 마셨다. 수년이 지난 후 지나는 길에 들렀더니 사장은 가게 문을 닫고 나오면서 데려다주겠다고 했다. 차를 새로 샀다고 타라고 하는데, 취해서 걸음 걷기도 힘들어 보였다. 동작대교로 올라가는 길에 심하게 비틀거리는 차 안에서 '인생 이렇게 끝나는구나' 생각했었다. 의리 때문에 태워주고 의리 때문에 위험을 무릅쓰면서 차에 타고, 남자들의 '의리'란 도대체 무엇인가.

불광동에는 '나도 몰라'라는 술집이 있었는데, 거기 들어가 술 마시다 보면, 정말 나도 모르고 너도 모르게 된다. 구기터널 입구에 '비봉'이라는 술집도 자주 갔는데 음악이 아주 좋았다. 하루는 조용필 노래만 틀기에 물었더니 본인이 이층에 와 있다고 했다. 비봉에서는 주로 카운터에 앉아 마셨는데 하루는 미국 대학생 두 명을 만났다. 방학을 이용하여 여러 나라 여행 중이라고 하였다. 방학 때 다른 할 일도 많을 텐데 여행을 하느냐고 물었다. 그들의 대답이 지금도 잊히지 않는다. '인생은 한 번 뿐이니까 Because life is one time'

집을 강남으로, 병원은 봉천동으로 대 이동을 한 후에는 이태원 '가을'이란 술집으로 자주 다녔다. 가슴을 울리는 색소폰 소리는 피아노와 함께 멋진 라이브 음악을 선물해 주었다. 하루는 국산 양주를 세 병쯤 마시는데 시간이 너무 늦었다. "아이구 이거 집에 어떻게 가지?" 걱정을 하니 여사장이 위아래로 훑어보더니 "우리 집에 재워주지" 라고 한다. 원래 숫기가 없으니 술이 스르르 깨면서 귀가할 수 있었다. 거기 가면 〈향수〉를 불러 유명한 가수 L을 자주 만났고 어떤 때는 과천 그의 집으로 가는 길에 우리 집에 데려다주기도 했다. 항상 겸손하고 말이 없었다. 그는 거의 외상으로 마시는 걸 알았고 한 번은 그의 외상을 모두 갚아 주겠다고 하니, 여사장은 그러지 말라고 했다.

액수가 너무 많다는 것이다.

매일 마시다 보니, 술 마시는 요령도 생겼다. 혼자서 마시는 것이다. 그러면 주량酒量을 조절할 수 있다. 차분히 사색思索도 할 수 있다. 또 어울려 마시면서 있을 수 있는 실수를 안 하게 된다. 좋은 점은 또 있다. 여자들은 모태적으로 보호본능이 있는가 보다. 외롭게 마시다 보면 여자들이 다가온다.

술을 그렇게 많이 마시다 보니 건강진단 받아 보기가 겁이 났다. 하지만 오십이 넘으면서 받아 보기로 했다. 우선 간肝이 제일 걱정되었다. 잘 아는 이웃 영상의학과에서 간 초음파검사를 받았다. 원장 선생이 보고 또 보고 근 30여 분을 들여다본다. '옳지 올 것이 왔구나' 불길한 상상을 하고 있는데, 원장 선생 왈 "어라 이상하네, 술을 그렇게 많이 드시는데 간은 깨끗하네" 전신에서 힘이 쭉 빠졌다.

건강진단을 받은 후부터는 일 년에 두 달 정도씩은 술을 끊었다. 간을 보호하기 위한 방법이었다. 연말에 모임이 많을 때는, 바로 그 전 두 달이 술 끊는 기간이다. '끊겠다'고 생각하면 그렇게 할 수 있었으니 알코올 중독은 아니라고 생각했다. 술자리에서 친구들이 권해도, 금주 기간이라고 말하면 더 권하지 않았다. 오늘은 같은 동네 사는 사촌과 점심을 함께 먹었다. 막걸리를 시켜서 두 잔쯤 마셨는데, 운동 삼아 걷는 냇가 길도 숨차고 힘들어서 쉬었다 걸어야 했다. 이제는 술도 아주 끊겠다고 마음먹었다. 알코올은 국제 암 연구소가 지정한 1군 발암물질이라고 2000년에 확인된 보고서가 있다.

사람의 기호식품이라는 것이 술과 담배인데 술을 끊으면 모두 끊는 셈이된다. 뉘 말마따나 이제 밥만 끊으면 끝나는 것인가. 하지만 '먹기 위해서 살지 말고, 살기 위해서 먹으라'는 말이 있지 않은가. 지금까지는 술과 막역한 친구로 살아왔지만 이제 이별을 고할 때가 된 것이다. 앞으로는 여유로운 시간에 감사하며, 시간에 쫓기어 못 했던 일들 중에 새 친구를 찾아봐야겠다.

벤치에 앉아

　　시간에 자유스럽다는 것은 행복한 일이다. 은퇴한 후 시간과 일정에 묶이지 않는 생활을 하면서, 버리고 덜어내는 생활을 흉내 내보려 하고 있다. 아침잠을 느긋하게 자고 운동 나왔다가, 고즈넉한 정원 벤치에 앉아 젊은 날의 회상에 젖어본다. 벚꽃이 사방을 뒤덮더니 꽃비로 내리고, 이제는 진달래, 영산홍, 철쭉들이 흐드러지게 피어 꽃밭을 이루었다.

　　대학 초년생 시절이 떠오른다. 숙소였던 숭덕 학사 학우 중에는, 장래 돈을 원 없이 벌어서, 쌓아 놓고 불태우겠다고 호언하던 이도 있었다. 가난에 사무쳐서 하는 말이었다. 대학생이던 60년대 초엔 우리나라 경제 사정이 너나 할 것 없이 어려웠고, 학비를 직접 벌어야 하는 고학생이 태반이었다. 나도 시간제 가정교사로 하루 2~3시간씩 주중 매일 나가고 한 달에 만오천 원을 받았다. 한 학기 국립대 등록금이 이만이천 원 정도였으니 괜찮은 보수였다.

　　그 무렵 종로 5가에 최신식 술집이 생겼는데, 커다랗게 돌아가는 선풍기가 몇 개 있고 테이블을 맡아서 서빙하는 미니스커트의 여종업원들이 있었다. 술은 우리나라에 맥주가 귀하던 시절이라 도꾸리라는 조그만 사기병에 정종을 내왔다. 몇 번 들렀던 집이라 그날도 월급 받은 것을 뒷주머니에 넣고 술을 마셨다. 나오면서 커다란 선풍기 앞에 서본다. 돌아가는 바람결에 돈을 시원하게 날려 보고 싶은 충동을 느낀다. 뒷주머니에서 만오천 원을 꺼내어 휘휘 흔들어 선풍기 앞에 던지니 잘도 날아간다. "주워 가져라" 라고 소리치니 여종업원들이 모두 몰려들어 줍는다, 그 모습을 보면서 개선장군이라도 된 듯이 통쾌함을 느꼈다.

1970년대 중반에는 극장식 술집들이 몇 군데 생겨서 호황을 누렸다. '월드컵'이라는 술집이 무교동에 있었는데 배호, 정훈희 같은 가수들이 단골로 출연하였다. 1977년 눈이 많이 쌓인 어느 겨울날 거기서 술을 마시고 택시 승강장에 나오니 사람들이 길게 줄을 서 있다. 주머니 속에는 치료비로 받은 십만 원짜리 수표와 현금, 삼십오만 원이 있었다. 적은 돈이 아니었다. 꺼내서 "주워 가져라" 하고 눈 위에 날렸다. 기분이 후련하고 마치 눈밭을 타고 날아가는 쾌감을 느꼈다. 사람들이 줍는 사이에 택시를 타고 와 버릴 생각이었는데 모두들 주워서 내게 갖다 주는 바람에 뜻대로 되지는 않았다.

돈은 중요하다. 없으면 불편하고 벌기도 힘든다. 하지만 돈이 이 세상에 최상의 가치라고 생각하지는 않는다. 살아오면서 낭비하지는 않았지만 단 한 가지, 술값으로 쓰는 데는 아낄 생각이 없었다. 원래 술을 좋아하여 젊은 시절엔 두주불사斗酒不辭로 마시고, 마셔도 표시가 없으니 자꾸 권해온다. 술은 몸속으로 흡수되어 건강과 직결되는 것이니 안주도 잘 갖춰 먹어야 했다. 친구 아버지는 '술과 여자는 최고로 선택하라'고 아들에게 조언했다 한다. 맞는 말씀이라 생각된다. 그 시절에, 술값으로 많이 지출하면 다음 날은 언제나 수입이 더 많아서 커버하고도 남았다. 아마도 술의 신 디오니소스의 배려가 아닌가 가볍게 생각하고 넘어갔다.

　모든 것은 정력精力을 따라다닌다는 것이 평소의 내 생각이다. 술도 정력이 왕성해야 많이 마실 수 있고, 돈도 정력이 있어야 따라온다. 수일 전 미국의 1, 2위 부자인 빌 게이츠와 워렌 버펏의 대담에서 성공의 조건은 '열정'이라고 공통 의견을 피력했다. 이 열정이란 것이 곧 정력에서 나온다고 생각한다. 나이 먹고 늙어서 정력이 떨어진 뒤에 돈을 벌려고 욕심을 부리면 망하기 쉽다. 정력이 뒷받침되지 못하기 때문이다. 노년에는 시간에 쫓기지 않고 일에 구속되지 않는 생활에 만족하고 유유자적悠悠自適 함에서 행복을 찾아야 한다는 생각이다.

　술을 마시고 호연지기浩然之氣 상태에서 돈을 뿌리는 것은 일종의 치기稚氣 어린 행동으로 볼 수도 있겠고, 가난했던 처지에 대한 한풀이라 해석해도 되겠다. 혹여, 주머니에 있던 돈을 뿌려버리고 빈손으로 남을 때 느끼는 개운함이, 고명하신 스님의 가르침 '무소유'와 한 가닥이라도 통하는 것이었나 상상해 본다. 그런 것 같지는 않다. 산들바람 스쳐가는 벤치에 앉아, 꽃잎 다 떨구고 빈 가지에 잎새만 달린 벚꽃 나무를 바라본다.

몸이 내게 말하기 시작할 때

선구자

영정 사진

나오지 않는 노래

임종실까지 10m밖에 되지 않았다

인생 갈무리

선입견에 멍드는 흙수저

토끼는 왜 죽었나

내가 본 대통령

프라하의 추억

안데스 산맥을 넘나들며

4부

몸이 내게 말하기 시작할 때

몸이 내게 말하기 시작할 때

젊은 시절에 노인들이 몸을 추스르기 힘들어하는 것을 보면서 저럴 수도 있나 생각했다. 나 자신이 저렇게 되리라고 생각해 본 적은 없었다. 어느덧 세월이 흘러 나이 칠십 대 후반에 다가서니 몸이 말하기 시작하는 것이다. 팔십을 넘어서도 정정한 사람들이 있으나 대개는 팔십을 전후하여 몸이 무거워지는 것 같다.

지난해까지만 해도 높지 않은 산으로 약수터에도 다니고, 가서는 운동도 했는데 금년에 들어서는 경사진 산에 오르려면 숨이 찬다. 계단을 오를 때도, 심지어는 속보速步를 해도 숨이 가빠진다. 한참 걷다 보면 쉬어가고 싶고, 바

닥에 앉아 있다 일어서려면 나도 모르게 '아구구' 소리가 난다. 눕거나 앉아 있다가 갑자기 일어나면 어지럼증도 생긴다. 이렇게 늙어가는 거구나 생각하고 거기에 맞춰 살다 보니 냇가 길로 평지를 걷게 되고 힘들면 벤치에 쉬면서 다닌다. 어디 모임에 나설 때도 몸의 컨디션을 가늠해 보게 된다. 청소년 시절에 지게 짐을 지고 산고개를 넘나들고, 겨울철에 스케이트를 타고 날아다니던 시절을 생각하면 살아온 세월이 아득하다.

나이가 이쯤 되니 주위에 아픈 친구들이 많이 생긴다. 문병을 가야 되는데 쉽지가 않다. 어떤 친구는 '나이 칠십이 넘으면 문병이나 문상을 꼭 가지 않아도 흠 될 일이 아니다'라고 말한다. 내 몸이 말하기 시작하고 보니, 그 말이 일리 있다고 생각된다. 더구나 입원한 친구가 기억력에 이상이 있어 사람을 알아보지 못한다고 하니 더 망설여진다. 폐렴으로 입원했다는 친구에게는 문병이 오히려 투병에 해를 끼칠까 염려스럽다. 나 자신도 면역력이 저하된 상태이기에 선뜻 내키지 않지만, 날씨가 풀리면 하루 날 잡아서 의리를 지켜볼까 생각 중이다.

금년 봄에는 여행을 다녀오자고 아내는 말한다. 그러자고 하면서도 몸에 자신이 안 서니 마음속으로 가늠해 본다. 비행기를 타도 될까, 햇볕이 내리쬐는 열대지방에 가도 괜찮을까, 가능하면 편안한 여정을 선택해야 할 것이다. 자신이 서지 않는다. 여행을 다녀보았지만 '집 떠나면 고생이다'란 말이 맞지 않던가. 국내여행으로 바꿔볼까. 아내에게 몸이 말하고 있다고 말할 수는 없다. 걱정이 태산일 테니까. 정성으로 건강 식단을 차려주는 성의를 봐서라도 아무렇지 않은 모습을 보여줘야 할 것 같다.

해가 바뀌면서 황혼기를 살고 있다는 실감이 오고, 또 삶이 얼마나 남았는

161

지 나 자신도 궁금해진다. 인생의 석양에 접어들면, 우리는 모두 단순한 기쁨이 주는 안락함을 찾게 된다. 무엇을 성취하고 축적하는 것보다 단순히 존재하는 것에서 얻는 행복감에 더 관심을 갖는다. 동료애와 우정, 자유로운 일상, 맛있는 음식, 얼굴에 비추는 햇살 같은 것에서 행복감을 느낀다. 의학의 발달로 평균수명이 늘었다. 이제 한 가지 병으로 죽는 것이 아니다. 신체기능이 종합적으로 무너지게 될 때 죽음에 이르는 것이다. 노인의학에서 가장 심각한 위협은 넘어지는 것이다. 넘어져 고관절 골절상을 입으면 40%가 요양원에 들어가고 사망률(수술하지 않을 경우 32%)도 높은 편이다.

사람들은 자신의 삶이 유한하다는 사실을 깨닫게 되면서부터는 그다지 많은 것을 원하지 않는다. 그저 이 세상에서 자기만의 삶의 이야기를 자기가 원하는 방식으로 마치고 싶은 것이다. 인간에게 삶이 의미 있는 까닭은 그것이 한편의 이야기이기 때문이다. 그 전체적인 구도는 의미 있는 순간들, 즉 무슨 일이 일어났던 순간들이 모여서 이루어진다. 하지만 내가 알고 있는 내 이야기는 자신만이 알고 있을 뿐 가까운 가족이나 친구, 심지어는 아내까지도 잘 알지 못하는 것이 많다는 사실에 놀랄 것이다. 때문에 많은 사람들이 자신의 이야기를 기록으로 남겨두기를 원하게 된다. 세상에 한 권밖에 없는 책을 써서 자신의 자손들만 읽도록 하겠다고 말한 친구도 있다.

이제 몸이 말하기 시작하였으니, 내 이야기도 정리할 때가 된 것 같다.

---

* 참고문헌:『어떻게 죽을 것인가 (being mortal)』, 아툴 가완디 저/ 김희정 옮김

선구자

친구가 보내준 카톡을 열자 '일송정 푸른 솔은 늙어 늙어 갔어도~' 하고 선구자 노래가 흘러나온다. 들으면서 삼십 년 전 일이 생각나 나도 모르게 실소를 지었다. 그때는 무조건 항일 반일만이 애국 애족한다고 생각하던 시절이었다. 지금은 세월이 많이 흘렀고 세계정세도 훨씬 복잡하게 얽혀 있다.

신촌에 개원하고 있을 때 고향 선배인 K 형이 그 근방에 있는 방석집으로 술을 마시러 오면서 나를 초대하였다. 그는 일본 모 화장품 회사와 함께 일하고 있었는데, 거기 책임자인 일본인과 합석하는 자리였다. 술자리에서 선배가 그 일본인에게 비굴할 정도로 저자세로 굴기에 내 속이 뒤틀렸다. 술 마시다 말고 일어나서 선구자 노래를 냅다 부르고 나서 나와 버렸다. 그 후 한동안, 그 생각을 하면 '나는 애국자인가 보다'라고 생각하고 살았다. 이제 생각해 보니 세련되지 못한 처신으로, 남의 비즈니스만 망쳐 주었다는 미안한 마음이다.

우리는 과거 일본에 36년간 식민지배를 받고 살았다. 선구자란 노래는 일제 강점기에 멀리 중국 땅에서 조국의 해방을 위해 싸우던 독립군을 노래한 것이다. 중국 연길 용정 땅 비암산에 오르면, 지금도 일송정 정자와 일제가 죽였던 소나무 자리에 다시 심은 소나무 한 그루가 서 있고, 저 멀리 흐르는 해란 강이 보인다고 한다. 이 치욕스러운 역사를 잊어서는 안 된다. 식민 지배를 받게 된 원인과 과정들을 정확하게 분석하여 앞으로 세계에 우뚝 선 조국을 만들어야 되지 않을까. 우리나라에는 훌륭한 애국자도 많고 인재도 많다. 안중근 의사의 유언 중에 '한국 독립을 회복하고 동양 평화를 유지하기 위하여 3년 동안 풍찬노숙하다가~'라는 말씀으로, 동양 평화를 갈망하셨기에 일본인들 중에도 안 의사를 존경하는 이가 많았다고 한다

지금은 21세기이다. 세계는 하루가 다르게 변한다. 이제 우리도 반일 항일만 외치지 말고, 긴 안목으로 극일克日의 길을 가야 할 때가 되었다고 생각한다. 세계2차대전에서 패망한 일본이 미국에 굴종하면서도 미국의 협조하에 발전하여 오늘에 이른 것을 간과하지 말아야 할 것이다. 위안부 문제도 정부가 최대한 노력하여 이끌어 낸 결과라 인정하고, 더 따질 것은 따지되 안보 면에서는 미래지향적으로 나가야 된다는 생각이다. 과거를 잊자는 말이 아니다. 정치인들도 어느 것이 국가의 장래에 득이 되는지를 고민해야 할 것이다.

일본을 이기려면 우선 그들을 잘 알아야 하고, 배울 것은 배워야 한다. 봉천동에 개원하고 있을 때 일본에서 유학 온 여학생을 진료한 일이 있었다. 얼마 후 그 여학생이 "진료해 주셔서 감사했습니다. 방학에 집에 다녀오면서 조그만 선물을 가져왔습니다" 하면서 과자 상자를 건네주었다. 당연한 일에 감사할 줄 아는 마음이 아름답게 느껴져서 가슴이 따뜻했던 기억이 남아

있다. 하루는 숭실대 전철역에 갔는데 구조가 너무 깊고 초행이라 길 찾기가 힘들었다. 길을 물으니 모두들 바쁘게 지나쳤다. 그런 중에 한 여학생이 길을 멈추고 친절하게 안내해 주었다. 고맙다고 인사하면서 알아보니, 유학 온 일본 학생이라 했다. 한참 동안 멍한 느낌이었다. 남을 배려하는 생활습관은 어디서 오는 것일까.

몇 년 전에 봉사활동을 하던 일본인이 탈레반에 희생된 일이 있었다. 바싹 마른 그의 노모가 TV 앞에 나와 "심려를 끼쳐드려 죄송합니다"라고 말할 때 소름이 끼쳤다. 구해주지 않은 정부에 대한 원망은 추호도 없었다. 그들은 자기 자신보다 국가를 먼저 생각한다고 들었다. 우리도 애국심을 발휘하여, 나라를 먼저 생각하는 정신을 길러야겠다. 9월 26일 동해 북방 한계선 부근에 야간 대잠對潛 훈련에 나섰던 링스 헬기의 사고로 김경민 소령, 박유신 소령, 황성철 상사가 순직했다. 유가족 누구도 소리 내어 울거나 해군에 떼를 쓰는 사람 없었고, 시민단체에서 영결식을 미루자는 선동도 뿌리쳤다. 천안함 유가족들도 더 이상 생존 가능성이 없자 바로 선체 인양에 동의하고, 영결식을 서울시청 광장에서 하자는 선동도 단호히 거절했다.

우리나라는 지리적으로 외교 안보가 항상 취약한 나라이다. 세계정세는 미국이 일본을 동맹국으로 삼아, 중국 북한 등 공산주의 세력에 맞서려 하고 있다. 우리 안보의 근간이 한미 동맹인데 우리가 일본과 적대관계를 계속한다면 미국은 결국 우리 손을 놓을 수밖에 없을지도 모른다. 따라서 우리의 외교 안보정책으로는 한미 동맹을 굳게 유지하면서 국방 능력을 하루속히 끌어올리고, 일본과는 감정싸움을 자제하면서 미래로 나가는 것이 현명한 선택일 것 같다. 자유 민주국가라는 테두리에서 한, 미, 일 공조체제를 구성하여 앞으로 염려되는 분쟁에 대비해야 될 것이다.

나라를 빼앗기고 이국 땅에서 우리 선열들이 독립을 위하여 목숨 바쳐 싸운 역사를 잊지 말고, 오늘을 사는 우리 국민은 자유 대한의 국기國基를 수호하겠다는 각오를 단단히 해야 되지 않을까 싶다. 어쨌든 '일송정 푸른 솔은~' 하는 선구자 노래는 이제 과거의 노래로만 기억되고, 다시 목놓아 부르는 일이 있어서는 안 되겠다.

영정 사진

지상에서 모든 사람에게 공평한 일 한 가지는 한 번씩 죽는다는 사실이다. 누구나 한 번은 가고, 또 한 번은 꾸며야 하는 것이 영정 사진이다. 수술을 받고 나서, 멀리 혹은 가까이에 떠나게 될 날을 상상하고 있기에 마무리해야 할 일들을 미리미리 해놓으려고 한다. 어제저녁에 잠자리에 들면서 아내에게 "광교에 있는 사진관을 인터넷에서 하나 골랐는데, 내일은 거기 가서 영정 사진을 찍어야겠어"라고 말했다. "아이 싫어!"하고 금방 울먹이는 목소리다. 얼마 전 갑자기 남편을 잃은 부인이 오랫동안 상실의 슬픔을 이기지 못하고 실의에 빠져 고생하는 모습을 보았다. 이별 연습을 미리 해 두는 편이 현명하다는 생각이다.

아침잠을 느즈러지게 자고 바쁠 것도 없이 아홉시 넘어 일어났다. 찬란한 아침 햇살이 창문으로 쏟아진다. 세수하고 거울 앞에 서니 늙은이 하나가 앞에서 나를 바라본다. 입가 눈가에 주름이 많은 것을 보니 칠팔십은 들어 보인다. 너는 누구인가? 네가 나인가? 낯설다. 이십 대 후반, 월남전에 참전했을 때 병사들이 찍어 준 사진을 60대 중반에 사무실 옆 사진관에 들고 가서 복사해 달라고 한 적이 있었다. 사진사는 이게 누구냐고 묻는다. 전혀 다른 사람 같다고 하더니, 웃는 것을 보니 본인 맞는 것 같다고 했다. 충격이었다. 얼굴도 생각도 세월 따라 변하고 있었다. 지금 내 앞에 보이는 사람은 옛날의 내가 아니고 또 미래의 나도 아니다. 그래서 해마다 영정사진을 다시 찍는 사람도 있다고 한다

유소년 시기의 사진이 없다. 그 시절에 사진을 찍는다는 것은 사치에 속했다. 백일 사진, 돌 사진이 없는 것은 물론이고, 기억에 남는 유일한 사진은 초등학교 졸업 때 졸업생 전체가 모여 찍은 사진 한 장이 전부다. 중·고등학교 시절 졸업 앨범은, 가난해서 빠져야 했다. 지금 생각해도 외롭고 슬펐던 기억이다. 젊을 때 찍은 사진도 별로 없다. 사진으로 남기는 것은 허상虛像이고 현재에 충실하게 살아서 후회 없는 내 발자국을 남기고, 떠날 때는 미련 없이 사라져야 사나이답다고, 이것이 내 인생철학이라고 생각했었다. 생각을 바꿔 사진을 찍기 시작한 것은 오십 대 초반부터였다. 인생이 그렇게 대단한 것이 아니라고, 다 그저 그런 것 아니냐고, 생각하게 된 것이다.

동기생들끼리 등산 다니는 산우회 모임이 있다. 그중에는 이미 은퇴하고 취미 생활로 사진에 몰두하던 K 박사가 있었다. 60대 후반 관악산에 올라갔을 때 그는 영정사진을 찍어 주겠노라고 멤버들을 하나씩 바위 앞에 세워놓고 사진을 찍었다. 그때만 해도 영정사진을 찍는다는 것이 약간의 거부감을 주었으나, 십 년이 지난 지금은 오히려 친근하게 다가온다. 그뿐 아니라 영정사진을 미리 찍어둘 수 있는 사람은 행복하다는 생각이 든다. 우리나라 사망원인 중 2, 3 위를 차지하는 심장질환(급성심근경색), 뇌혈관질환(뇌졸중)으로 돌연사突然死 하고, 기타 사고사事故死로 아무런 준비 없이 사망하는 경우가 얼마나 많은가. 죽음을 받아들이는 입장에 서니 인생이 달라진다. 눈에 보

이는 세상이 모두 아름답고, 흰 눈이 내리면서 속삭이는 소리도 들린다. 오늘도 숨 쉬면서 살아 있다는 것이 행복하고 감사하다. 아내가 사랑스럽고 애틋하다. 가족이 그립고 친구가 소중하다.

아내를 다독여 사진관에 들어섰다. 넓지 않은 공간에 밝은 분위기, 내부는 활발하게 돌아갔다. 손님들이 빠지고 차례가 돌아오자 사진사 부인이 상냥하게 안내하였다. 사진을 찍는데, 표정을 잡아주면서 수없이 많은 사진을 찍는다. 인형까지 소품으로 쓰면서 웃기기도 한다. 남편은 찍은 사진들을 고객의견을 들어가면서 선별하고 보정(beautyplus)을 한다. 둘이서 아주 잘 맞는 팀이 된 것 같다고 말하자 '평생 천직으로 알고 일한다'고 했다. 이들이 프로정신으로 작업하는 모습은 존경스러웠다. 사진관은 잘 찾아온 것 같은데, 찍은 사진을 아무리 살펴봐도 그럴듯한 사진이 없다. 이렇게 요란하게 사진을 찍어본 것은 처음이다. 하지만 작품에는 볼품없는 늙은이 하나씩 지나갈 뿐이다.

사람의 외모는 마음가짐에 따라 변한다는 말이 있다. 마음을 예쁘게 가지면 세월 따라 그것이 외모를 아름답게 변화시킨다는 말을 믿는다. 인생은 나를 찾아 떠나는 여행이라 한다. 성실하고 정직하게 여행을 한 사람은 품격이 외모에 나타날 것이고, 거짓과 탐욕으로 인생 여행을 한 사람은 외모에 그렇게 나타날 것이다. 완성된 영정 사진에는 어떤 인물이 나올까. 반듯하게 노력하면서 살아왔다고 믿고 있으니 그런 모양일까, 아니면 이제 늙어서 모양이 나오지 않으니 문상객들에게 살며시 웃음이나 보여주는 것일까. 돌아오는 길은, 떠나기 전에 해야 할 일을 한 가지 했다는 생각에 발걸음이 한결 가벼웠다.

나오지 않는 노래

　　　　　　노래를 이렇게 못 부르게 될 줄은 몰랐다. 어려서부터 노래는 좀 부르는 편이었는데, 얼마 전부터 노랫소리에 쉰 목소리가 섞여 나온다. 목소리가 갑자기 변하니 다른 사람이 된 것 같은 착각이 든다. 목소리도 지문처럼 그 사람을 가려낼 수 있는 특징들이 있다고 한다. 노래 불러본 지가 오래되어 그런가 보다 하고 노래방에 혼자 가서 목청껏 계속 불러 보았다. 좀 나아지는 것 같았다.

　오늘은 시계 문학에서 문우 두 분이 시인으로 등단하여 축하 모임이 있는 날이다. 글을 쓰는 사람이 등단한다는 것은 고독한 노력의 결과라 생각되어 마음 속으로 뜨거운 박수를 보낸다. 넓은 식당에서 식사를 하고 여담, 여흥 시간을 가졌다. 항상 적극적인 L 문우님이 '해는 져서 어두운데 찾아오는 사람 없어~' 라고 고향 생각을 서정적인 테너로 불렀다. 박수가 쏟아진다. 고참 문우 W 선생님은 문학 공부를 하는 길과 우리 교실의 분위기들을 여성적인 낮은 음으로 조곤조곤 피력하는데 한 편의 좋은 수필을 읽은 듯 기억에 남는 시간이었다.

문학회 회장을 역임하신 T 선생님은 수줍게 일어나 '엄마가 섬 그늘에, 굴 따러 가면, 아가가 혼자 남아, 집을 보다가~' 소녀 같은 목소리로 '섬집 아이' 를 슬프게 부른다. 슬픈 노래는 언제나 우리의 영혼을 깨끗이 씻어 주는 마력이 있는 것 같다. 여럿의 권고에 못 이겨 교수님도 관록이 붙어있는 '봄날은 간다'를 길게 늘여 소리로 부르신다. 옛날을 연상시키는 소리 한마당이다.

내게도 노래를 부르라고 권유가 있었지만 말로 대신하고 앉아 있었다. 마음 같아서는 일어서서 시원하게 한 곡조 뽑고 싶었지만 그렇게 할 수 없음을 깨닫고 조용히 마음을 다독였다. 2년 전부터 쉰 목소리가 나와 그러다 말겠지, 생각해 왔다. 진료받을 때 주치의에게 문의하니 암 조직이 경부 임파선을 침범하여 그럴 것이라고 한다. 몸도 건강하고 목소리도 잘 나오던 지난날이 아쉽게 다가온다.

이것도 일종의 장애라 생각하니, 어렸을 때 이웃에 살던 벙어리 처녀가 생각난다. 그녀는 듣지도 말하지도 못하였지만 눈치가 얼마나 빠른지 보통 사람들보다 아기도 잘 보고 일도 훨씬 더 잘 해냈다. 답답한 모습이 안타까웠으나 끙끙거리면서 눈치와 몸짓 언어Body language로 웬만한 의사소통은 다 하였다. 장애에 대한 반대 급부로 발달한 센스가 아니었을까. 여기에 비하면 노래부를 때 지장이 있을 뿐 보통 대화에는 아무 지장이 없는 내 경우는 행복한 고민이란 생각이다.

젊은 시절에 '낮은 데로 임하소서'란 소설(이청준, 1981)을 읽으면서 나도 낮은 데로 임하면서 살겠노라고 다짐하던 젊은 시절이 있었다. 살아오면서 경솔하게 목에 힘주고 욕심부린 일은 없었는지 잠긴 목소리에 비추어 돌아

171

본다. 소설의 주인공인 안 목사는 '낮은 데로 임하소서,그 이후'를 내놓으면서, 아직 시신경이 살아있어 수술받으면 시력을 회복할 수 있을 것이라 해도, 본인은 수술을 받지 않겠다고 했다. 모든 것을 하느님의 뜻에 맡긴다는 것이다. 나도 병은 의사에게 생사는 하느님에게 맡기기로 한 지 오래다.

쿠바인들의 생활에는 음악(노래)이 녹아있다고 한다. 못지않게 우리나라 사람들에게도 음악적인 유전자가 들어 있다고 생각된다. 주위에서 노래 못하는 사람을 보기 힘들기 때문이다. 가슴속에 품고 있는 흥과 한을 봄철에 밭이랑 위로 피어오르는 아지랑이처럼 노래로 풀어내는 것이다. 목청껏 부르던 젊은 시절은 기억 속에 갇히고 말았다. 이제 지난날의 목소리로 부를 수가 없다.

어쩌랴, 세월도 가버린 것을. 잎새 다 떨어진 빈 나뭇가지 끝에서 울어대는 초겨울의 바람 소리처럼 쓸쓸해진다. 노래는 못 부르더라도, 나쁜 조직이 더 진행하지 않고 있다는 것만으로도 다행이다. 목소리도 교정할 수 있다고 한다. 본인이 녹음한 것을 반복하여 듣고 고치면 교정된다는 것이다. 하지만 교정하는 것보다는 침묵의 미덕을 배우고 싶다. 말은 해놓고 후회하는 일이 많지, 안 해서 후회하는 일은 별로 없다고 하지 않던가. 법정 스님은, 모든 화는 입으로부터 나온다 입을 잘 다스리면 마음도 다스려진다고 설파하였다.

식당이나 카페 같은 공공장소에서 노인들이 모여 앉아 두서도 없이 고성으로 떠드는 것을 가끔 본다. 침묵은 금이요 웅변은 은이라는 금언金言을 잊은 모양이다. 이참에 말을 하는 것보다 남의 말에 더 많이 귀 기울여 주는 낮은 자세로, 남은 인생을 살아가면 말년에 품위를 잃지는 않을 것 같다는 생각을 해본다. 살아온 인생을 조용히 돌아볼 때 시계와 같은 문학교실에서 때 묻지 않은 문우들과 어울려 아름다운 날들을 살고 있다는 것이 행복하다.

임종실까지 10m밖에 되지 않았다

부인은 밤새도록 숨죽여 흐느껴 울었다. 환자인 남편은 우리가 들어갈 때부터 '으응 엉' 하며 앓는 소리인지 무의식에서 나오는 숨소리인지, 소리를 내고 있었다. 의식이 온전한 것 같지는 않았지만, 통증을 느끼기 때문에 신음소리를 내는 것이 아닌가, 하는 생각도 들었다.

며칠 동안 심장 부위에 뻐근한 통증이 있어 순환기 내과로 입원하면서 들어간 2인 병실에는 남편을 간호하는 부인이 있었다. 우리가 들어가자 부인은 자기들의 병에 대해서 설명해 주었다. 남편은 68세이고 일 년 전까지만 해도 건강하고 부지런한 가장이었다. 그때 전립선암이란 진단을 받았다. 수술을 받은 후, 완치되기를 기대하였으나, 6개월 지나 검사해보니 악화되어 간과 뼈에 전이된 상태였다. 악성도가 아주 높은 암이었다고 한다. 40일 전에 걸어서 입원하였으나 2차 방사선 치료를 받은 후 갑자기 나빠져서 이렇게 꿈속을 헤매고 있다고 했다. 훑어보니 환자는 체중이 좀 나가는 건장한 체격이고, 부인은 알맞은 체격에 이목구비가 또렷한 이지적인 인상이었다. '살 만하니 죽는다'는 말이 맞는가 보다고, 인생은 팔십쯤 살다 고생하지 말고 죽는 것이 제일 행복할 것이라고 그녀는 자신의 인생관을 거침없이 말했다. 속으로 공감하는 바도 있었다.

이튿날은 내가 심장 조영술을 받는 날이다. 시술실에 내려가서 스텐트 하나 박는 시술을 받고 올라오니, 그 부인은 남편을 임종실로 옮기고 있었다. 한 달 전에는 정신이 또렷했다 하니, 아마도 그때 사전 의료지시서 같은 서류를 작성해 놓지 않았나 생각되었다. 연명치료를 중단하려면 사전에, 인공호흡기 같은 공격적인 치료를 원치 않는지 등을 밝히는 그런 서류를 준비해 놓아야 한다. 그래서 지난밤을 울면서 작별 인사했구나, 생각했다. 지난밤 두 아들은 교대로 들러서 "아버지, 저를 알아보시겠어요?" 하면서 끌어안아 보아도 별 반응 없이 '으 엉' 하는 소리만 낼 뿐이었다. 임종실로 옮긴 뒤 큰아들이 도착하면 몸에 꽂아놓은 주사들을 제거한다고 했다. 저녁 8시 반에 운명하였고, 그 시각 작은 며느리는 아들을 낳았다고 한다. 우리나라 평균수명에 십 년 정도 못 미친 생애이다. 인간은 얼마만큼 극심한 고통을 받으면 차라리 죽는 게 낫겠다고 말하게 될까? 고치려 애써야 할 때는 언제이고 그러지 말아야 할 때는 언제인가? "이제 그만 고생하고 가서 편히 쉬셔요"하는 부인의 말은 울부짖음이었다. 책임지지 않으려고 실낱같은 희망을 걸고 연명치료를 하는 대신, 오롯이 끌어안는 완전한 사랑이었다고 부인은 생각했을지 모른다.

삶의 기본적인 요건은 신진대사이며 그것이 멈추면 인간은 죽어간다. 그 환자는 소변이 안 나온다고 했다. 신진대사가 안되는 것이다. 병원에서는 신장투석을 권하였으나 부인이 거절하였다. 무의식 상태로 불완전한 생존 상태를 이어가는 대신 치료를 포기한 것이다. 가족들은 육체의 쇠락과 죽음 앞에서 인간의 삶의 의미가 무엇인가 하는 문제를 계속 고민했을 것이다. 하지만 삶의 의미나 가치를 논한다는 것이 생명 자체의 존엄을 가볍게 보는 것이 아닌가? 의사가 사망선고를 내릴 때는 심장박동과 호흡 유무를 기준으로 한다. 환자는 이 두 가지를 본인이 하고 있었다. 다만 의식만 돌아오지 않을 뿐이었다. 이것은 기계장치에 의존한 생명 연장과는 다른 것이다. 연명치료를 중단해도 기본적인 치료나 간호행위, 영양공급 등은 계속돼야 한다는 생각이다. 기본 치료인 신장투석을 하면서 몸의 노폐물을 계속 걸러내 주면 언젠가는 의식도 회복될 수 있지 않았을까 하는 아쉬움이 못내 머릿속에 남는다.

아직까지 우리나라에서는 치료 중단을 결정하기 위한 기준이 모호한 상태이다. 품위 있는 죽음을 택한다는 명분으로, 생명의 의미를 가볍게 보아서는 안될 것이다. 미국 신경외과 의사였던 폴은 서른여섯 젊은 나이에 생을 마감하면서, 만약 생의 남은 날이 석 달이라면 가족과 함께 시간을 보낼 것이고, 일 년이라면 책을 쓸 것이고, 10년이 남았다면 일상의 직업으로 복귀할 것이라고 말했다. 남은 기간에 따라 인생관은 변할지라도, 생명의 존재 의미는 신성한 것이다. 그 환자가 잠시라도 의식을 되찾아서 갓 태어난 손자를 볼 수 있었다면 하늘길 가는데 얼마나 큰 위안이 되었을까 생각해 본다.

인생은 죽음으로 완성된다는 말이 가까이에서 들려왔다. 종말이 가까워 오면 무엇을 해야 할지에 대한 책임이 다른 사람에게 넘어가는 시점이 온다. 죽음을 성공적으로 마무리하려면 생명유지를 위해 얼마큼 견뎌낼 용의가 있는지, 또 어느 정도 상태면 사는 게 괴롭지 않을지에 대하여 본인의 생각을 대화를 통하여 사전에 정확히 해 두어야 한다. 임종실까지는, 입원실에서 바로 10m밖에 되지 않는 길을 그렇게 서둘러 갈 필요는 없었다고 혼자서 중얼거려 본다.

인생 갈무리

서울 아산병원의 폐암의 날 행사에 다녀왔다. 예상대로 700석가량 되는 대강당이 모두 차고 서 있는 사람들도 많았다. 환자와 그 가족들이었다. 해당 교수들이 나와서 암도 점차 정복할 수 있는 병이 된다는 희망적인 메시지를 전했다. 서울 사는 남자가 74세까지 사는 동안, 암에 걸릴 확률이 35.8%(여자는 20%)이니 세 사람 중 한 명은 암에 걸린다는 통계이다. 평균연령이 길어지면서 우리나라 사망원인 중 1위가 암이다. 이 병원에서 수술받은 후 지금까지는 병이 잘 조절되고 있으나, 조만간 닥쳐올 생의 마지막을 생각하면서, 흘러간 세월이 어디를 갔나 찾아보아도 무심한 하늘에선 가을비만 하염없이 내리고 있었다.

언제부터인가 체중 감량 속도로 내 여생을 가늠해보는 습관이 생겼다. 어제 공중목욕탕에서 달아보니 60kg이었다. 5년 사이에 7kg 이상 빠졌으니 감량 속도가 빠르다는 느낌이다. 엘리자베스 퀴블러 로스에 의하면 사람이 죽음을 받아들이는 5단계는 '부정-분노-타협-우울-수용'이라고 한다. 죽음을 가장 잘 받아들이는 사람은 삶의 과정에서 죽음과 가까이 있었던 사람들이다. 삶이 고달팠던 사람에게 죽음이 좀 더 쉽게 수용된다는 것이다. 나에게는 5단계 중 앞의 4단계를 느끼지 못하였으니 고달픈 인생을 살아온 까닭인가, 하고 싶은 일 대충 다 해 보았다는 생각의 여유인가, 아니면 직업이 의사이기에 잘 이해한다는 이유인가, 알 수 없다. 어쩌면 살 만큼 살았다는 안도감도 작용했을 것이다.

가기 전에 마무리해야 할 것들을 생각해 본다. 유언장 쓰기, 헤어지기 섭섭한 친구와 친지들에게 안부전화 걸기, 따뜻한 사랑이 부족했던 가족들에게 사랑을 보여주기, 계획 중인 시집을 한 권 엮어내기, 아내와 함께 이별여행하기, 그리고 신변잡기 정리하기 등이다. 이런 것들을 미루지 말고 지금 하라고 한다. 가까웠던 친구 K 박사가 운명하기 며칠 전 "잘 지내!"라고 전화했던 것은, 아마도 마지막 작별 인사였을 것이다. 잊히지 않는다. 나는 그 시점에서 누구에게 작별 인사를 할 것인가, 그럴 용기는 있는가. 죽음을 받아들이면 죽음이 달라지는 것이 아니라 삶이 달라진다고 한다. 세상이 아름답게 보이고 오늘이 행복해진다. 이 시기에는 호스피스 케어의 도움을 받으면 고통을 덜 받으며 생을 마감할 수 있고, 연명치료를 받은 사람보다 25%나 더 오래 살았다는 보고도 있다.

신변잡기 정리는 옷가지, 책, 사진 같은 개인 물건들을 정리하고 버리는 일이다. 수년 전에, 군軍 선배였던 Y 형은 말동무를 찾아 우리 병원에 자주 들렀다. 암 투병을 하고 있던 그는 매일 사진들을 버린다고 했다. 주변 정리 작업이었던 셈이다. 얼마 후 대전 현충원 그의 묘비 앞에 섰을 때 그는 '깨끗이 정리 잘하고 홀가분하게 잠들었소'라고 말하는 것 같았다. 나도 얼마 전에 사진들을 대대적으로 버리려 했는데 아내와 같이 찍은 사진들도 있고 또 사진 없애는 것을 아내가 좋아하지 않기에 대충 정리하고 끝냈다. 나중에 혼자서 정리하면서 추억을 더듬어 보는 것도 나쁘지만은 않을 것 같아서였다. 지난여름 옷가지들을 정리할 때, 버리려고 골라낸 옷들 중 다시 골라 들여놓는 자신을 보면서 아직도 마음을 비우지 못했구나, 민망하였다. 이런 신변잡기 정리는 그렇게 중요한 마무리는 아니라고 본다. 시간 날 때마다 여러 번에 걸쳐 해도 될 것이다.

유언장은 확실하게 써 놓아야 한다. 중요한 것은 유산의 분배에 대한 것이다. 자산가들보다는 오히려 '남겨줄 것이 하나도 없어요'라고 말하는 평범한 사람에게 더 필요하다는 것이다. 가난한 사람도 얼마 남지 않은 재산으로 자식들이 싸움을 하는 경우를 많이 본다. 복잡하게 얽힌 돈과 사랑이 빚어내는 갈등과 비극을 막기 위해서도 내 뜻을 명확하게 밝혀놓아야 한다. 남은 재산은 가족 모두가 수긍이 가도록 공평하게 분배하는 것이 현명한 방법이다. 편애하여 한 곳에 치우치게 물려주면 분쟁이 생기기 쉽다. 사전 의료지시서나 장례절차에 대한 지침, 또 마지막으로 이르고 싶은 말도 첨가할 수 있으나 유언장에 속하지는 않는다. 유언장만 써놓는 것보다도 사전에 가족들이 모여앉아 그 내용에 대하여 얘기하고 이해하는 기회가 있으면 더욱 바람직할 것이라 생각된다.

사전 의료지시서는 인공호흡기 꼽고 식물인간으로 계속 지내는 일이 없도록 하는 데 의미가 있다. 수년 전 보라매 병원에서 보호자 말만 듣고 치료를 중단했던 신경외과 의사가 다른 보호자의 고소로 유죄 판결을 받은 사건이 있었다. 연명치료 상태에서 보호자가 치료 중단을 원해도 의사가 잘 들어줄 수 없게 된 것이다. 장례절차에 대해서도 구체적으로 결정해두는 것이 현명하다. 일이 닥쳤을 때 허둥대지 않게 미리 준비할 것들은 하고 계획도 짜 놓는 것이 좋다. 장례식에서는 슬픔에만 젖어 있는 것보다는 고인의 추억을 더 들어보는 경건하고 따뜻한 분위기로 진행하는 것이 바람직하다는 생각이다. 요즘에는 장례를 간소하게 치르는 경향이 있다. 일본에서는 생전에 장례식을 치르는 일도 있다고 한다.

정리해 보니, 한평생 살다 가는 길이 그렇게 복잡할 것은 없어 보인다. 남은 길 살아가면서 힘써 할 일은 취미생활 계속하기, 친구 만나기, 마음을 비우고 사랑의 발자국 남기기 들이다. 할 일 다하고 가는 사람 없다 하니 너무 깨끗이 마무리하려고 노심초사할 필요는 없을 것 같다. 가는 길은 편하게 생각해야겠다.

---

* 참고문헌: 『죽기전에 더 늦기전에』 김여환 2014, 『죽을 때 후회하는 25가지』 오츠 슈이치.

선입견에 멍드는 흙수저

살아가면서 선입견先入見 때문에 손해 보는 일도 있고 기분 상하는 일도 많다. 오늘날 젊은 세대는 미래를 비관하며 좌절하고 있다. 이들이 잘못된 선입견을 몰아내어 공정한 사회에서 경쟁할 수 있도록 해야 겠다. 스스로 흙수저라 주저앉지 말고 금수저로 도약할 수 있는 기회를 만들어 나가야 할 것이다. 입학이나 취업시에 제출하는 원서에 학력이나 스펙을 삭제하는 일은 맞는 방향이란 생각이다.

고교를 졸업하면서 대학 입학시험을 보러 상경하였을 때이다. 형의 거처인 세계대학 봉사회에 숙소를 정하고 형과 함께 거기 도서관에 올라갔다. S대 공대 고학년으로 영어를 잘하여 코리아 헤럴드에 다닌다는 선배 한 분을 만났다. 그는 형에게 '어디에 응시하는가'라고 물었고 S대 의대에 지망했다고 말하자 보는 앞에서 고개를 좌우로 흔드는 것이었다. 내가 일류 명문이 아닌 지방 고교 출신이란 선입견으로, 그렇게 판단한 것 같았다. 경상도 명문인 K 고를 졸업한 '술'의 형에게도 그같이 묻고 나서 고개를 끄덕이는 것이다. 고교 때 유감없이 노력하여 공부라면 자신이 있었기에 개의치 않고 지나갔다. 합격하고 난 후 그가 어떤 반응을 보였는지는 모른다.

본과 일 학년 때 생화학을 가르치던 S 교수가 있었다. 시험 본 후 답이 똑같고 시험 보는 자리가 이웃이면 어느 고교를 나왔나 물어서, 일류고 졸업생에게는 원점수를 주고 그렇지 않은 학생에게 감점을 주었다. 이는 아무 근거 없이 순전히 선입견에 의한 독단전행獨斷專行이었다. 그러다가 학생 P에게 실험실에서 넥타이를 잡히는 봉변을 당했다고 들었다. 본인 자신도 미국에서 공부하다가 성적이 좋지 않아 쫓겨 왔다는 소문이 있었다. 학생들 평이 나빠서 결국 타 대학으로 이적하였다.

한 번은 고교 동기회에서 회장이 중요한 안건마다 나를 앞세워 진행하니, 자존심이 상했는지 K 군이 일어나 자기도 누구만큼 잘 났다고 열변을 토했다. 술을 마시고 취한 상태에서 장시간 나를 깎아내렸다. 친구들은 반론이 있을 것이라 기대했을지 모르지만, 나는 침묵하였다. 지금까지 동기생들에게 받아온 분에 넘치는 사랑과 대접이 침묵하게 만들었다. 학생 때 공부 잘하고 명문대 나왔다는 이유로 그런 대우를 받아왔으나 이것도 선입견에서 오는 착각이다. 얼마 후, 흙수저의 설움을 토해냈던 K는 돌아오지 못할 병으로 입원하여 병마에 시달렸다. 병실에 찾아가 아무 말 없이 그의 손을 꼭 잡아주었다. 죽마고우는 이심전심으로 모든 것을 풀어 버렸다.

일 년에 한두 번씩은 고교 동기회에 나가, 이제는 늙어 주름진 얼굴들을 본다. 시골에서 자라 낯선 서울 땅에 올라와 모두 나름대로 열심히 노력하여 화목한 가정들을 꾸리고 사는 것이 훌륭하다. 치열한 경쟁 사회를 헤치고 가장으로 우뚝 일어선 노력에 마음속으로 박수를 보낸다. 나이 들어 빈 마음으로 돌아보면, 인간은 노력하면서 살아내는 과정이 중요하지 '높은 직위에 있었다', '돈을 많이 벌었다' 같은 것은 그다지 중요하지 않다. 하느님이 내려다 보면 모든 인간은 똑같이 존엄한 존재이고, 여기에는 선입견도 흙수저도 없을 것이다. 인생의 성공 여부는 '사랑이 넘치는 가정을 이루고 가족 모두 건강한 삶을 살고 있는가' 하는 것이 기준이 되리라고 본다.

요즘 '금수저, 흙수저'란 말이 유행이다. 취업난과 생활고에 허덕이는 젊은 층의 좌절감과 냉소가 만들어 낸 말이다. 최근 조선일보와 한국경제 연구원이 리서치 앤 리서치에 의뢰한 경제 상황 인식조사에서, 우리 경제의 역동성과 활력을 가장 위협하는 것은 '기득권 유지 세력(20~30대의 생각)'과 '노사 분규(60대 이상의 생각)'라는 응답이 나왔다. 이 두 가지가 말하는 것은 대동소이하다고 생각된다. 억대 연봉을 받는 귀족노조들이 명분 없이 파업을 일삼고, 그 가족들까지 대를 이어 취업을 보장받고 기득권을 지키고 있으니, 이것이 금수저 아닌가. 대학을 졸업하는 젊은이들이 뚫고 들어갈 자리가 없다. 1980년대 초 노동시간 단축과 일자리 나누기 대 타협으로 경제 위기를 탈출한 네덜란드 노총의 양보와 결단을 배워야 할 때이다

조국의 젊은이들은 기죽지 말고 일어서야 한다. 어느 기업인이 "세계는 넓고 할 일은 많다"라고 역설하지 않았나. 해외로도 눈을 돌리고, 아이디어로 창업도 해야겠다. 좋다는 일자리만 바라보지 말고, 개성에 맞는 중소기업에도 애정을 갖고 덤벼 볼 일이다. 금년 S 대 졸업식에서 총장은 '좋은 자리만 보지 말고 낮은 일자리에도 도전하라'고 연설했다. 대기업 대신에 중소기업에 입사하여 젊은 꿈을 펼쳐 보는 일은 선입견을 없애고 흙수저를 탈피함과 동시에 우리 사회의 원동력을 키우는 길이기도 할 것이다.

토끼는 왜 죽었나

아침에 일어나 밥을 주려고 토끼장에 가보니 한 마리가 죽어 있었다. 토끼의 머리가 긁어 먹혀, 골(brain)이 훤히 보이고 토끼는 얌전한 자세로 죽은 것이다. 밤 사이에 쥐가 긁어먹은 자국이다. 이상했다. 토끼가 기운이 훨씬 센데 쥐에게 먹혀 죽다니, 이해가 되지 않았다.

중 2 때 일 년 휴학을 하면서 동네 어른들과 같이 지게를 지고 십여km 떨어진 무성산으로 나무를 하러 다녔다. 한 번은 토끼를 길러보고 싶어서 손가락 굵기의 나뭇가지들을 지게에 잔뜩 해 가지고 와서 토끼장을 만들었다. 토끼는 번식력이 강해서 금방 식구가 많아졌다. 풀을 뜯어다 밥을 주면 먹는 모양도 예뻤다. 흰색, 재색의 토끼가 십여 마리로 늘어감에 따라 보람도 느꼈다. 그러던 어느 날부터인가 아침에 가보면 쥐에게 머리 부위를 긁어 먹히고 처참하게 죽어 있는 것이 아닌가.

곰곰이 추리推理해 보았다. 밤에 일어나는 일이었다. 기운이 훨씬 센 토끼는 쥐가 파먹기 시작할 때 힘껏 뿌리치고 대항하면 쉽게 물리칠 수 있는 것을, 캄캄한 밤이니 눈을 감고 '설마 조금 그러다가 말겠지'하고 참는 것 같았다. 아니면 미리 겁을 집어먹고 항복하는 자세를 취했을 수도 있다. 안타까운 일이었다. 토끼는 쥐와 같은 설치류 동물이다. 날카로운 앞니가 위아래 한 쌍씩 4개 있는 것이 같고, 토끼는 중치류로 낮은 이가 하나씩 더 있는 것이 다를 뿐이다. 같은 동족同族이라고 생각한 토끼가 '설마 동족끼리 죽이기야 하겠는가'하고 믿었는지도 모른다.

정성껏 풀 뜯어다 밥 주고 기른 예쁜 토끼들이 가끔 한 마리씩 죽어있는 모습은 어린 시절 슬픈 기억이었다. 토끼들이 결연히 대항하면 그런 일이 다시는 일어나지 않았을 것이다. '평화를 원하거든 전쟁에 대비하라'는 금언이 있다. 힘의 균형이 깨지고 한쪽이 강하면 약한 쪽이 굴복하게 된다. 평화를 원하면서 전쟁에 무방비 상태로 있으면 당할 수밖에 없다. 토끼가 선택한 길일지도 모른다. 당하지 않도록 강한 힘을 유지하려면 힘을 합치고 분열되지 말아야 한다. 아마도 쥐들은, 토끼들이 단결하여 대항하지도 못하는 나약한 무리라는 것을 알아차렸던 모양이다.

우리 자신의 힘을 기르고 뭉치면서, 동맹국을 비롯한 국제사회와 발을 맞추어 나가야 오늘날을 살아남을 수 있는 것처럼, 토끼들도 서로 공조했어야 했다. 분홍빛 봄소식도 다 지나간 정유년 초여름 날에, 생즉사生卽死, 사즉생死卽生이라고 외쳤던 이순신 장군의 어록이 절실하게 다가오는 까닭을 생각해 본다.

내가 본 대통령

　　지금까지 가장 근거리에서 보았던 대통령이 박정희 님이다. 박정희 대통령이 건강 진단을 받으러 온 것은, 내가 군의관으로 임관되어 경복궁 옆 수도육군병원에 근무하던 1965년 가을이었다. 임관 동기인 손 중위와 함께 2층 복도에서 내려다보고 있었다. 병원은 대청소를 한 후 문을 모두 닫고 출입을 통제하는 중이다. 이윽고 그가 도착하였는데, 예상했던 넓은 좌측 길이 아니고 청와대에서 질러오는 좁은 우측 길로 왔다. 전용차가 아니라, 새나라 택시 같은 조그만 차 두 대에서 내렸다. 정문에서 도열하고 있던 병원장과 간호부장 등이 맞이하였다.

　　한참을 손 중위와 둘이서 내려다보아도 다시 나타나지 않았다. 1층 X-ray실에서 흉부 엑스레이 찍나 보다 생각하고 막 돌아서는 순간, 몇 명의 경호원들에 둘러 싸여 바로 앞에 걸어오고 있었다. 아무도 없는 복도에서 대통령 일행과 중위 두 사람이 맞닥뜨린 것이다. 우리 둘은 몹시 당황하였으나 정신을 차리고 거수경례를 하였다. 경호원들에 둘러싸인 그는 몸집이 자그마하였으며 우리를 똑바로 쳐다보았다. 눈빛은 단번에 상대방을 제압하는 아주

독특한 빛이 났다. 응시한 후 걸어가면서, 고개를 깊이 숙여 정식으로 답례를 하였다. 대통령 행차에 복도로 갑자기 나타난 중위 두 사람쯤은 무시할 수도 있고, 아니면 가볍게 지나칠 수도 있었을 것이다. 하지만 그가 보여준 답례는 상대방을 인격적으로 대하는 정중한 모습이었다. 여기에서 깊은 감동을 받았다. '저분을 위해서라면 생명도 아낌없이 바치겠다'는 충성심이 곧바로 생기는 것이다.

월남전에 지원하여 전투 생활을 하면서도, 조국에 대한 충성심은 나를 항상 지치지 않는 장교로 만들었다. 나는 직업상이나 성격상으로, 정치적 사회적인 문제들을 잘 모르고, 또 관심도 많지 않다. 다만 그 시대를 살아온 국민의 한 사람으로서 생각이 있을 뿐이다. 지금도 박정희 대통령에 대한 몇 가지 소견은 갖고 있다.

대통령은 월남전에 우리 젊은이들을 파병하면서 많은 고민을 하였다. 전사자가 많이 나올 수 있기 때문이다. 그러나 파병을 결정하면서, 우리가 얻을 수 있는 최대한의 반대급부를 받아 냈다고 본다. 주한 미군이 월남으로 이동하는 것을 막고, 우리 안보를 미국이 확실하게 보장해 주는 조건이었고, 우리 군이 보유하고 있던 낡은 무기들을 신무기들로 대체할 수 있었다. 또한 우리 군이 실전 경험을 함으로써 군의 전투력을 향상시켰고, 파병 군인들의 수당을 미국이 지불함으로써, 나라 경제에 도움이 되었다. 국제사회에서 한국의 위상도 높아졌다.

월남에서 휴일이면 미군들이 한국군을 따라다니는 일이 많았다. 한국군을 따라다니면 테러를 당하지 않는다는 것이다. 월남 파병 초기에 푸켓 전투에서 적들이 기관총으로 공격을 하는데, 맹호부대 병사들은 총알이 날아오는 곳으로 무조건 돌격하여 적들의 본거지를 점령하였다. 그 후 한국군과는 싸우지 말고 피하라는 지령이 내려왔다고 한다. 한 번은 미군 지프가 달리다가 급정거 한 후, 후진하여 길에 떨어진 맹호 부대 마크를 미군 소령이 주워서, 털어 자기 팔에 대보고 "넘버 원" 하면서 가는 것을 보았다.

미국 카터 대통령이, 미군 철수를 주장하면서 방한하였을 때 청와대 만찬장 광경은 지금도 잊히지 않는다. 박 대통령이 장시간 연설을 한 것은 카터에게 미군 철수는 안된다는 논리를 펴기 위한 것이었다. 외교 관례를 실례하면서까지 땀을 흘리면서 오랜 시간 연설을 하는 대통령을 보면서, 그의 애국심과 나라를 책임지는 지도자의 모습을 볼 수 있었다.

그는 우리나라 산업화를 성공적으로 이끈 지도자이기도 하다. 그 과정에서 보여준 선견지명은 가히 100년 앞을 내다보는 혜안慧眼이라 아니할 수 없다. 외국에 있는 우리나라 인재들을 국내로 모셔와 한국 과학기술 연구소(현 KIST)를 설립하여, 산업 발달을 뒷받침하고 전망 있는 산업들을 집중적으로 육성하였다. 이 과학자들과 매달 격의 없는 막걸리 파티를 열어 격려하고 관심을 보였다고 한다.

산업화에 성공하였기에 민주화도 따라올 수 있었다고 믿는다. 먹을 것이 없고 배가 고플 때, 우리는 민주화 같은 것은 하나도 중요하다고 생각하지 않았다. 그렇게 생각해 보면 그는 산업화에 성공함으로써 우리나라 민주화의 초석을 놓는 역할도 했다고 말할 수 있지 않을까? 경부 고속도로를 건설하여 산업의 동맥을 개통한 것, 농촌을 살리기 위한 새마을 운동, 그 시대 궁핍하던 우리의 형편처럼, 헐벗었던 산야에 산림녹화사업을 한 것 등은 현명한 판단이었다고 생각한다.

10. 26. 그날 저녁 친목회가 있었는데, 다른 때와 달리 이유 없이 입맛 술맛이 모두 떨어져 모임에서 일찍 나와 잠을 잤다. 새벽녘에 들으니 시해 사건이 있었다고. 그의 시신이 수도육군병원에 도착하였고, 중요한 분이니 잘 다루라는 말을 들은 군의관이 살펴보니 허리띠가 나달나달 다 떨어진 것을 매고 있었다고 한다. 그래서 중요하면 얼마나 중요한 사람이겠는가 시답잖게 생각했는데, 배꼽 밑에 까만 점을 보고 대통령이라는 것을 알았다고 한다.

맹호 4차로 월남에 참전한 후, 귀국할 때 나는 대통령 표창을 받았다. 그때는 젊은 생각에 대수롭게 생각하지 않았고, 표창장도 잘 간직하지 않았다. 이렇게 우리나라 역사에 큰 족적을 남긴 지도자 중의 한 분으로 기억될 줄은 그때는 알지 못하였다.

프라하의 추억

— 체코 여행에서

오십 대 초반까지 자신을 위한 취미생활이란 음악 들으면서 술 마시는 것이 전부였다. 먹고 잠자고 환자 보는 일 외에 다른 일이 별로 없었다. 친구 중에는 '태어나서 골프를 모르고 한평생 산다는 것은 아주 불행한 일이다'라고 골프를 권하는 이도 있었으나, 직업상 골프는 시간이 맞지 않는 운동이라는 생각이었다. 오십 대 초반을 지나면서 아내가 제안하여 여행을 다니기 시작하였다

동유럽 여행 중에 가 본 체코의 프라하는 오래도록 기억에 남는 낭만과 고전이 넘치는 도시였다. 블타바강(일명, 몰다우 강) 우안의 구시가지와, 좌안 언덕 위 프라하성을 연결해 주는 까를교는 세계에서 제일 아름다운 다리라 했다. 이 다리는 유럽 중세 건축의 걸작으로 꼽히며 16개의 아치로 이루어진 다리 양측에는 성서 속 인물들과 까를 4세, 그리고 체코의 성인 등 30명의 조각상들이 세워져 있다. 이 다리를 비롯하여 주요 건축물들은 체코인들이 제일 존경한다는 까를 4세 때 완공되었다고 한다. 보행자 전용인 이 다리 위에는 거리의 악사들이 악기를 연주하면서 보헤미안의 애환이 녹아든 선율을 들려주기도 하고, 화가들이 작은 그림들을 그리면서 팔기도 하였다. 아주

평화스럽고 이국적인 정경에 젖어본다. 걸어놓은 그림들은 보통 3만 원에서 7만 원 정도였다. 다리나 성 같은 것을 그린 것이었는데 간결하고 가벼워서 기념도 되고 가볍게 선물해도 좋을 것 같아 몇 점을 구입했다.

구시가의 골목을 지나면서 보니 그림 접시가 눈에 들어왔다. 르누아르의 화려한 꽃그림이었는데 아내는 그것을 사고 싶어 했다. 짐스러울 것 같아 사지 말자고 했으나 아내는 자기가 들고 다니겠다고까지 하는 것으로 보아 꼭 사고 싶은 눈치였다. 가게로 들어가 가게 주인에게 값을 물어봤다. 값을 말해 주면 얼른 지불하고 들고나오려는 우리에게 주인은 정중한 태도로 '이리 오시지요.'(If you follow me)하고 고급영어까지 써가면서 설명을 시작한다. 이것은 르누아르의 무슨 그림이며 1,500개 찍어낸 중에 51번째라는 등 말이 길어졌다. 외국에 나오면 한 사람이 그 나라의 외교관이라는 생각에 교양 있는 모습으로 설명을 다 들었다. 나오면서 약속대로 아내에게 들고 가라 했다. 고생을 조금 시킨 후 내가 받아들을 생각이었다.

서둘러 광장으로 가니 일행들이 기다렸다. 아내가 들고 다니는 것을 본 아주머니들이 나를 보고 놀려댄다. 얼른 내가 받아 들었다. 무거웠다. 이렇게 구해 온 그림 접시는 집에 있는 것 중에 제일 마음에 들어 계속 TV대에 진열하고 있다. 볼 때마다 프라하 여행길이 떠올라 흐뭇한 이국정서에 빠지게 된다. 여행길에 물건을 많이 사지는 않지만 그곳의 기념될 만한 것을 하나씩 사 오면 후회하지 않는다. 구시가 광장에는 유명한 천문시계가 있는 시계탑이 있다. 매시 정각을 알리는 종이 울릴 때마다 12사도와 조각들이 움직이는 진기한 모습을 보기 위해 관광객들이 몰린다. 여기에서 기다려준 일행들에게 미안하여 맥주 한 잔씩 대접했다. 낭만적인 광장 옆 노천카페에서의 맥주

한 잔에 모두 얼굴이 활짝 펴지는 밝은 분위기가 되었다. 체코의 맥주는 독일 맥주와 같이 맛이 좋다. 값은 실내보다 두 배 정도 비쌌다. 그들은 햇볕이 쏟아지는 노천을 좋아하는 것이다.

구시가의 미로처럼 연결된 골목에는 고딕 바로크 로마네스크 양식들의 건축물들이 마치 중세 건축의 전시장처럼 아름답게 늘어서 있다. 황금소로라 불리는 이 골목길 모퉁이에서 고독한 실존주의 소설가 프란츠 카프카의 생가, 파란색 작은 집을 볼 수 있다. 바츨라프 광장은 문화 상업 교통의 중심지로 프라하 최대의 번화가이다. 넓은 대로 형태로 되어있으며 1968년 프라하의 봄으로 불리는 자유화 운동시 시위하던 젊은이들이 소련 점령군에 의해 무참하게 짓밟힌 현장이라 한다. 체코는 1989. 11월에서야 벨벳혁명으로 공산정권이 무너지고 자유를 이루게 된다. 체코인들이 수호성인으로 여기는 성 바츠라프의 기마상이 광장 입구에 우뚝 서 있다. 저녁에는 블타바 강의 디너 크루즈를 타는 옵션이었는데 일행 중에 한 분이 요금을 가지고 계속 이의를 제기하는 바람에 무산되었다. 그의 융통성 없는 사고방식이 마땅치 않았으나, 직접 참견하고 싶지 않았다. 그냥 보는 까를교와 블타바강 그리고 프라하 성이 어우러진 야경으로 만족해야 했다.

체코에서 독일로 가는 국경지대에 까를로비바리라는 조용하고 아름다운 온천도시가 있다. 아담한 강이 흐르고 파스텔 톤의 예쁜 호텔들이 늘어서 있어 마치 동화나라에 온 것 같았다. 저녁 먹고 자유시간을 주기에 카지노 간판이 붙은 조그만 호텔로 들어가 보았다. 슬롯머신이 몇 대 있는데 다른 손님은 없고 한가하였다. 돈을 따기 위해서 하는 도박은 하지 않지만, 이런 경우 100불 정도 오락으로 쓰기는 한다. 디너 크루즈의 요금을 따지던 분도 부

부가 같이 들어와 오락을 시작했다. 코인
을 바꿔서 시작한 지 얼마 되지 않아, 내
기계에서 주룩주룩 촬촬 계속 쏟아지는
요란한 소리가 났다. 기계 고장이 아닌가
직원에게 알렸다. 그가 와서 보더니 그냥
계속하라고 했다. 그제서야 '아, 돈을 많
이 딴 것이구나' 알아차렸다. 라스베이거
스로 관광 왔던 한국 아주머니가, 이런 일
이 있어 기계를 고장 낸 줄 알고 화장실
로 도망했었다는 에피소드가 떠올라 실
소를 지었다. 호텔로 돌아와 일행들에게 칵테일 한 잔씩 돌리면서 일생에 처
음 경험한 행운을 자축하였다.

국경을 넘으면서 체코 돈을 미국 달러로 바꿨다. 국경 경비대들이 모두 딱
딱하고 삼엄한 분위기였다. 여행 다닐 때의 분위기와는 딴판이었다. 아마도
자유화된 지 얼마 되지 않았고, EU에도 아직 가입되지 않은 시기였기에 그
랬을 것이라 생각했다. 여행은 2002년 4월이었고 그해 12월, EU에 가입되
었다. 지금은 현대자동차를 비롯하여 많은 우리 기업들이 투자하고 있다.

돌아와 회상해보니, 프라하의 조용하고 아름다운 도시 풍경과 아늑하고
동화 같은 까를로비바리의 추억은 잊히지 않는 여행이었고 한 번쯤 가서 살
고 싶은 나라였다. 은퇴한 후 서울을 떠나, 지금 살고 있는 성복동의 아늑한
분위기를 선택한 것도 그런 영향이 작용하지 않았나 생각해 본다.

프라하 성과 까를교

안데스 산맥을 넘나들며

잉카의 발자취

페루의 수도 리마에서 비행기로 한 시간 만에 쿠스코에 도착하였다. 태양신을 숭배하던 고대 잉카제국의 수도였고, 문화유적지로 해발 3,400m 지점의 안데스산맥 분지에 자리 잡고 있는 인구 35만의 도시이다. 아내와 같이 상점에 들러 그들의 특산물인 알카파 제품들(야크 털로 실을 꼬아 만든 티셔츠 지갑 장식품 등)을 잠시 구경하는 사이, 검은 얼굴에 키가 커다란 사내가 무슨 물건을 냇가로 휙 집어 던지면서 우리를 쏘아보았다. 살펴보니 아내가 메고 있던 배낭이 열려있고 카메라 주머니가 날아간 것이다. 도망은커녕 '왜 빈 주머니만 넣고 다니느냐'고 힐난하는 모양새다. 순박한 민족 인디오가 세월의 때를 흠씬 묻힌 흔적을 보는 순간이었다.

쿠스코에서 우루밤바 강을 따라 114km를 달린 기차는 기적소리를 길게 울리며 버스 환승장에 멈추어 섰다. 환승장 강가에는 그들의 민속 공예품들을 파는 가게들이 여러 색깔들을 자랑하고 있었다. 여기서 버스로 20분 정도 산길을 달리면 안데스 계곡 깊숙이 자리한 마추픽추MachuPichu가 나온다. 남자 가이드가 해발 2,700m라 하며 산소통을 나누어 주었으나 별로 필요하지 않았다. 약 5평방 km에 달하는 계곡에 세워진 석축 도시이다. 거대한 돌들로 이루어진 해시계, 태양신전 석단 등은 중장비도 없던 시대에 어찌 저렇게 빈틈없이 석조 기술을 펼쳐 놓았는지, 과연 세계 불가사의라 할 만하다는 생각이 들었다. 계단식 밭도 있었다. 산언덕에서 내려다보니 이 고대 도시의 전경은 잉카의 후예들이 삶을 이어가기 위하여 얼마나 처절하게 몸부림쳤는가를 짐작하게 하였다.

버스로 내려오는 길은 갈지 자로 굽은 길이었는데 굿바이 보이가 직선 길로 달려내려와 굽이마다 버스에 올라 작별 인사를 했다. 처음엔 일본말로 인사하다 금방 한국어로 "안녕하십니까"한다. 우리 한국 관광객도 많이 온다는 뜻이다. 직선으로 뛰어 내려와도 어떻게 저리 빨리 내려올 수 있나, 힘들겠다는 생각에 팁들을 주었으나 알고보니 비슷하게 생긴 녀석들이 바톤터치 식으로 교대하고 있었다. 내려오는 길, 해발 1,800m쯤 되는 곳에 안데스산맥으로 둘러싸인 산 중 호텔로 안내되어, 태고의 신비 속에 하룻밤을 지냈다. 밤하늘에 쏟아지는 별들은 손에 잡힐 듯, 어릴 적 고향 하늘이 되어 버렸다. 조용한 호텔 정원에는 야외 수영장도 깨끗하였고, 서로 떨어져 있는 독립가옥을 한 가족에 배당해 주니 이국의 산속에서 느꼈던 호젓한 감정은 지금도 잊히지 않는 추억이다.

넓고 깨끗한 식당에서 식사할 때 가무잡잡하고 덩치가 자그마한 주인이 자기는 필리핀 출신이라고 인사했다. 지금은 바야흐로 사람들이 세계를 무대로 활동할 수 있는 시대인 것이다. 식사 중에는 세 명의 악사가 식당의 무대에서 그들 고유의 팬파이프 악기로 〈고독한 양치기〉 같은 구슬픈 페루 전통음악을 들려주었다. 우리 정서와 일맥상통한다는 느낌을 받았다. 팁을 주니 받지 않고, 카세트 테이프를 사라고 했다. 두 개를 사가지고 와서 하나는 봉천 사거리 단골 술집 '미팅 포인트'에 주었다. 퇴근 후 단골 카페에 앉아 마시면서 듣는 잉카 후예들의 처량한 가락은, 단숨에 안데스 산중의 별이 쏟아지던 밤으로 데려다 주곤 하였다.

지상 낙원

중남미 청춘들의 허니문 열망지로, 미국인들이 은퇴 후 가장 살고 싶어 하는 곳으로, 아메리카 대륙에서는 꿈의 휴양지로 불린다. 칸쿤은 카리브 해를 끼고 있는 멕시코의 국제 휴양지이다. 유카 반도에 위치한 이 산호섬 별천지에는 에메랄드빛 바다와 순백의 모래사장이 깔려있고 각종 해양 스포츠를 즐길 수 있는 시설들이 갖추어져있다. 입구에서 가이드가 손목 팔찌 같은 것을 매 주었다. 이것을 매고 다니면 그 안의 모든 것이 무료라 했다. 일체의 스포츠 장비는 물론 그 안에 늘어선 음식점에서 몇 번을 먹어도 무료였다. 음식은 고기 바비큐 종류를 먹음직스럽게 주었는데, 일행들이 먹기에, 호기심에 따라서 두 번을 먹고 배가 불러 고생했던 기억이 난다.

일행들은 지류를 타고 내려오는 트레킹에 갔다. 모험을 좋아하지 않는 우리 내외는 바다에서 스노클링을 하며 놀기로 했다. 열대어들은 무늬도 예쁘고 색깔도 다양했다. 바쁠 것도 없이 쉬엄쉬엄하는 스노클링은 크고 작은 물고기들과 부딪치면서 함께 노는 것이었다. 끝없이 펼쳐진 옥색 바다를 보면서, 대학 때 입주 가정교사 시절을 회상했다. 여름방학 때 학생 가족들이 대천 해수욕장에 가면서 큰 집에 혼자 남게 되었을 때, 밀려오는 외로움은 잊히지 않는 서글픔이었다. 하얀 모래사장 위로 맑게 갠 파란 하늘은 온갖 근

마추픽추 전경

산중 호텔의 악사들과 (2005)

심 걱정을 날려주고, 카리브 해를 스쳐오는 시원한 바람은 썬 베드에 누워있는 이국의 나그네에게 행복을 실어다 주고 있었다.

멕시코에는, 빙하기 때 베링해협을 거쳐 아시아 대륙으로부터 건너간 원시 몽골로이드(Mongloid) 후예들이 인디언 원주민들이다. 많은 고대 유적들을 돌아본다. 떼오띠와 칸 문명의 유적으로 께살꼬아뜰 신전, 태양의 신전, 달의 신전 등의 피라미드와 사자의 길 등을 볼 수 있다. 치첸이싸에서는 마야문명의 유적인 카스티요 피라미드, 전사의 신전, 천주의 그룹 기둥 들을 돌아보는데 옛날 영화에서 말 타고 투구 쓰고 전쟁하던 장면들이 떠오른다. 카스티요 피라미드는 세계 불가사의답게 마야의 달력과 절기를 정확하게 나타내는 과학적 구조물이라고 현지 가이드가 설명을 했다.

이런 문화유적들을 보고 감명을 받았으나, 돌아와서 잊히지 않는 추억은 다른 것이었다. 소깔로 중앙광장에서 라틴음악을 목청껏 부르던 전통복장의 사나이와 아름다운 카리브해에 안겨있는 칸쿤 휴양지에서 보낸 낭만의 시간이었다.

밀림 속의 천사들

모터보트는 우리 일행을 태우고 망망대해와 같은 아마존 강을 달리고 있었다. 강가 정글에 살고 있는 원주민들을 찾아가는 길이다. 드디어 원주민 촌에 도착하니 아나콘다(아마존 늪지에서 사는 거대한 뱀)를 다루며 구경시켜주는 사람도 있고, 그들 고유의 연못과 정원을 갖춘 집들을 보여주는 사람도 있었다. 그들은 나이 들은 추장이 있고 그 밑에 부족 같은 식구들이 모여 살고 있었다. 우리가 자랄 때 대가족이 함께 살던 형식이다. 가무잡잡한 피부에

카스티요 피라미드

소깔로 광장의 가수

맑고 총총한 눈동자를 가진 아이들이 우리를 반긴다. 아내가 준비해 간 초콜릿 보따리를 풀으니 아이들이 몰려든다. 일행인 부인 몇 명이 골고루 나눠주려고 초콜릿을 덜어갔다.

그들과 어울려 돌아가는 전통춤도 추어 보고, 긴 통에 화살촉을 끼우고 입으로 불어 과녁을 맞히는 게임도 했다. 춤을 출 때는 귀엽고 붙임성 있게 생긴 소녀가 파트너였는데 고향 집 이웃에 살던 아이처럼 정감 있게 여겨졌다. 이 소녀들의 슬픈 듯 애잔한 눈동자는, 끝이 보이지 않는 아마존의 돌아오는 뱃길에서도 머릿속을 맴돈다. 아내는 이 아이들과 사진을 찍었다. 여행 중에 그 순간을 사진으로 잡아두려는 노력은 무엇일까. 기억으로 감당할 수 없는, 사라지는 것들에 대한 몸부림이 아닐까. 아이들은 모두 천진난만하게 웃고 있는 천사들이었다. 밀림 속 무공해 환경에서 때묻지 않은 생활을 하고 있는 원주민들의 삶은 오래도록 남는, 가슴 멍한 추억이다

초등학교 4, 5학년 때, 우리나라에서 직각으로 지구를 뚫고 나가면 남미가 나온다는 말을 듣고 내 평생에 가볼 수 없을 것이라 생각했었다. 오늘 여기서 관광을 하고 있다는 사실에 행복을 느낀다. 1960년대 초까지만 해도 우리나라 경제가 궁핍했기에 우리 선배들은 미국에 의사로 가면서, 두 달씩 배를 타고 떠났다. 리우의 코파카바나 해변에서 유람선 관광을 할 때 재미 교포 그룹을 만나 반갑게 인사했다. 지리적으로 가깝지만 그들도 큰맘 먹어야 여기 여행 올 수 있다고 했다. 우리나라 경제를 옛날 가난했던 시절과 비교해 보면 상전이 벽해된 격이라 하겠다. 여기에서 가난한 원주민들을 돌봐주는, 슈바이처로 불리는 우리나라 의사가 한 분 있다고 들었다. 우리도 다른 나라를 도우며 사는 위치가 된 것이다.

아르헨티나로 떠나기 전, 브라질에서 마지막 저녁에 일행은 L여행사 책임자라는 분의 집에 초대되었다. 나오는 음식이 모두 한국의 고유 음식이기에 놀랐다. 궁금하여 슬며시 부엌을 들여다보니 할머니가 젊은 부인과 함께 만들고 있었다. 초등학교 5학년 아들이 의젓하게 음식을 날랐다. 한 가족이 먼 나라에 와서 우리의 전통을 지키면서 살아가는 모습은 아름다웠다.

비행기 티켓을 책으로 한 권 받아서 순서대로 뜯어 쓰니 안데스산맥을 넘나들면서 끝이 났다. 신新 세계 불가사의 7개 중에, 브라질 코르코바도 언덕의 거대한 예수상, 멕시코 마야문명의 카스티요 피라미드, 페루에서 고대 잉카의 석축 도시 마추픽추를 보았다. 장엄한 이구아수 폭포, 낭만적인 멕시코의 휴양지 칸쿤, 바다 같은 아마존 강과 강변 밀림에 사는 원주민들의 순박한 생활 들은 잊지 못할 추억이다.

아마존 밀림 속의 원주민 촌에서 (2005)

나의 가족

고희연 때 가족사진

부부 사진 (2016. 시 등단당시)

5부

학원 일기

　『학원』은 1952.11월 학원 출판사에서 창간했던 학생잡지이다. 그 표지에 서울 명문고 학생들의 교복 교모를 차려입은 해맑은 사진들을 실어, 학생들의 향학열과 문학열을 고취시키는 역할을 톡톡히 했다. 서울에서 대학에 다니던 형이 고등학생인 내게 매달 사서 보내주었고, '학원 일기'는 아마 그 연말부록으로 나온 것 같다. 이 학원 일기 4290년(단기. 서기로는 1957년)은 내가 고교 2학년 시절, 한 해의 일기이다. 시골에 묻혀 있던 것을 순주가 보관하다 얼마 전에 내게 전해 준 것이다. 집안의 한 여학생이 이것을 읽고 울고 갔다는 얘기를 들었다. 읽어보니 고교생 때의 생활을 꾸밈없이 엿볼 수 있을 것 같기에 여기 실어 본다.

2. 24. 월

6일 전 정웅이네 집에서 가져온 책들이다. 그날은 설날이었고 형용과 같이 가서 떡국과 과자를 배불리 얻어먹고, 위인전을 여러 권 빌려왔다 나폴레온, 플라타크영웅전 괴테 등을 읽었다 나폴레온은 '내 사전에서 불가능이란 말은 없다'고 말한다. 산성공원에 올라가 유유히 흐르는 금강을 내려다 보았다

5. 25. 토. 맑음

오늘부터 하복 착용이다. 작년에 입던 하얗게 바란 것을 입었다. 새로 맞춘 옷보다도 더 깊은 의미가 있다. 어머님이 직접 만드신 그 희게 바란 옷에서 세련미는 찾아 볼 수 없지만 부모님의 땀과 눈물을 본다. 부모님은 나에게 공부 잘 해서 인간다운 인간이 되라고 말씀하실 뿐 멋쟁이 학생이 되라고는 말하지 않는다.

5. 30. 목. 맑음

김광섭/ 마음.

나의 마음은 고요한 물결, 바람이 불어도 흔들리고, 구름이 지나도 그림자 지는 것, 고기를 낚는 사람, 돌을 던지는 사람, 노래를 부르는 사람, 이리하여 이 물가 외로운 밤이 오면, 달은 고요히 물 위에 뜨고, 숲은 말없이 물결을 재우느니, 행여 백조가 오는 날, 이 물가 어지러울가, 나는 밤마다 꿈을 덮노라.

6. 3. 월. 맑음

종소리가 울리자 담임선생이 표지 쪽을 들고 온다. 그것이 바로 授業料 조사인 것을 알자, 마땅히 납부해야 할 의무이지만 기분은 착잡하다. 수업료 미납자는 시험 응시를 할 수 없다는 말을 듣자 가슴이 울렁거리고 머리가 어지럽다. 가난과 재산 없음이 슬프고 저주스럽다.

6. 7. 금. 흐림

오늘 영작 시험 점수가 97점으로 2학년 전체에서 최고점이란 것을 간접적으로 들었고 화학도 "이 반에서 100점 짜리가 있어" 하는 말로 미루어 보아 2학년 내에서 최고 성적을 받은 모양이다.

6. 8. 토. 맑음

이제 농번기이기에 농촌 역시 바쁘지만, 우선 모만 심어놓고는 공부에 전심전력하자. 7월 1일부터 실력 모의고사가 있다고 한다. 이제 20일밖에 남지 않았으니 우수한 성적을 올리기 위하여 최선의 노력을 하자. 마음껏 공부할 시간을 얻으려면 모심기 전 10일까지는 열심히 家事에 조력해야 한다. 그런 의미에서 아침식사 끝나자 피사리하러 새봇들로 나갔다.

6. 9. 일. 맑음

충분히 학업에 매진할 수 있는 시간을 만들기 위해서는 요즘 같이 바쁜 때에 家事 조력을 많이 해야만 한다. 우리는 내일 모를 심는다. 오늘은 일요일이기에 어제 오후에 이어서 모판 피살이를 하러 들로 나갔다.

오전에는 새봇들을 끝냈으나 오후에 도랏말 논으로 가서 보고 맥이 풀렸다. 모판에 피는 쌓였고 시간은 얼마 없다. 일꾼이 원망스러웠으나 이력을 모르는 그에게 싫은 얘기해 봤자 불화만 생길 것이 뻔하다. 꾹 참고 대충 끝마쳤다 어둑한 저녁 맑은 공기를 마시며, 하루의 노동에 보람을 느끼면서 귀가했다. (그 당시 우리 일꾼은 6·25후 인민군 출신이기에 농사일을 잘 모름)

6. 14. 금. 맑음

농촌의 새벽은 뿌연 안갯속에 참새들의 노랫소리로 막이 열린다. 조반 후에 책을 보다가 늦추 논에 나갔다 도랏말 논에서 어제 하던 뜬모 다시 심기를 계속하였다 텃논까지 오전에 전부 끝마쳤다 오후엔 더위와 싸우며 책을 본다

家庭實習! 전에는 이때가 오면 정말 노동 후 피로로 지칠 대로 지친 몸을 질질 끌고 해가 진 어둠 속에서 귀가하지 않았던가? 금년엔 좀 한가한 편이다. 일꾼을 둔 까닭이다 그 대신 부

211

모님은 일꾼 뒤치다꺼리에 더욱 곤란을 느끼신다. 입을 것 못 입고 먹을 것 못 먹고, 그래도 커나는 자식을 바라보고 웃으시는 허연 백발의 어머니!

6. 15. 토. 흐림

빨래 광주리를 가지고 산 넘어 냇가로 갈까 사람들이 북적대는 샘으로 갈까 망설이는 어머님께 냇물로 가시라고 권하였다. 사람들 복잡한 곳보다 깨끗한 공기, 맑은 시내가 흐르고 한낮에도 뒷동산에서 뻐꾸기 소리 들리는,보드라운 자갈들이 깔린 냇가가 얼마나 좋은가?

한국의 아들은 농촌의 아들이 태반이다 우리들의 부모는 헐벗은 노동자, 까맣게 탄 얼굴이며 손발을 가진 가난한 사람들이다. 그러기에 우리는 진리 탐구에 한시라도 게을리하면 안 된다.

6. 16. 일. 흐림

일꾼과 같이 밤새껏 비가 내린 텃논으로 갔다 예상과 달리 물이 적다. 할 수없이 그대로 모심기를 하려고 도랏말로 가서 피사리를 하고 모를 찌었다. 흙냄새가 물씬물씬 솟아오르고 파랗게, 귀엽게 자란 모들이 옴씬옴씬 잡혀 뽑힌다. 아주 신선한 맛이다 점심때가 훨씬 지나서 텃논 모내기가 끝났다 엊저녁

내린 비로 우리 집 모내기가 모두 끝난 것이다. 남은 시간을 效用 키 위해 밭으로 갔다 고구마를 심기 위해서이다. 밭 두둑을 큰 쇠스랑으로 말없이 푸욱 푹 파 나가는 데서 의젓한 군자의 모습과 파아란 희망의 소리를 듣는 것 같다.

6. 17. 월. 맑음

한국은 농업이 주 산업이며 그러기에 농촌 개발의 최대 급선무는 天水畓을 없애는 것이다. 말라버린 田畓을 바라보며 탄식하는 농민이 얼마나 많은가?

손바닥이 여러 군데 흠이 났기에 어제의 피로도 풀 겸 쉬면서 책을 보았다. 저녁엔 경제가 빈한해서 나오는 부모님의 不和의 소리를 들을 때 자식으로서 가슴이 아팠다.

6. 22. 토. 맑음

4시간 종료 종이 울리자 오늘의 수업은 끝났고 종례가 시작되었다. 드디어 수업료 未納者의 登校停止 令이 내렸다. 오! 인생이여, 왜 이리 쓰리고 아픈가? 어머니는 이 말을 들으시자 온갖 궁리를 다하여 학비를 마련해 보려 하셨다. 늙고 어두운 눈으로 엉기 엉기 날마다 아픈 팔 고픈 배를 움켜쥐고 한 푼 두푼 긁어모은 돈을 아낌없이 주셨다 그러나 많이 모자라는 돈은 어디서 빚을 얻을 수 있을까? 그 마음 졸이시는 모습 차마 볼 수 없고, 눈물이 흐른다.

부모님이 이토록 마음 졸인 대가로 나는 학교에 다니는 것이다. 단 일분이라도 시간낭비하지 말자. 이것이 부모님에 대한 보답의 길이다.

6. 23. 일. 맑음

오늘의 심정은 絶望, 그것이었다 학생으로서 학교에서 버림받은 인간! 다름아니다. 4, 5, 6월 분 수업료 미납에 따른 등교 정지령이다. 학교도 운영하기 위해서는 자본이 필요할 것이다. 그러나 소위 2학년 중 성적이 수석인 학생이 이 지경에 처했어도 학교에서 아무런 조치나 장학제도 같은 것이 없다는 것은 갑갑한 노릇이다.

아버지는 의랑으로 어머니는 양촌으로 각기 빚을 얻으러 가셨다 그러나 모두 빈손으로 돌아오셨다.

6. 24. 월. 맑음

예고대로 제 1학기 중간고사 성적을 席次 순으로 교실 외벽에 크게 써 붙였다. 내 이름은 그 많은 공부벌레들을 물리치고 맨 위 1등 자리에 있었다. 여러 학생들이 부러워하였고 3학년 학생들도 내려와서 보았다. 기쁘다!

6. 26. 수. 흐림

나는 모든 면이 부족한 사람이다. 공부하면서 人格者가 되기 위해 노력하자./•거짓말을 하지 말라. 근거 '없는 말을 하지 말라. 多辯을 삼가라. 말할 때 과하게 열을 올리지 말라. 타인의 말을 끝까지 들어라. 상대방의 장점을 발견하여 거기에 대하여 말하라. 너의 면전에서 너를 칭찬하는 사람을 경계하라. 네 자신을 칭찬하는 일이 없도록 하라. 그 자리에 없는 사람을 나쁘게 말하지 말라.

7. 4. 목. 흐림

아! 부모님의 고혈을 짜내어 학비 7,500환을 장만했다. 감격의 눈물이 흐를 지경이다. 보답의 길은 열심히 공부하여 실력을 기르고 人格을 닦아야 할 것이다.

7. 14. 일. 비

어머님이 말씀하시기에 나는 밀가루를 반죽해서 빵을 쪘다 30분 後 꺼내보니 빵 장사 뺨치겠더라. 배불리 먹었다. 갈릴레이는 '사람은 생각하는 갈대'라 했으니 생각하며 공부하는 공부벌레, 괴테의 '지금도 늦지 않았다'란 말을 생각하고 지금부터라도 열심히 공부하자.

　詩, '높고 깊고 파란 것'을 雙樹에 냈다 당선될는지?

7. 27. 토. 맑음

여름방학 동안 의당 초교에 가서 공부하도록 아버지께 허락을 받았다 말할 수 없이 기쁘다.

8. 3. 토. 맑음

여름 방학 중 나의 가사 노동시간은 6일이 계획되었는데 오늘이 3일째이다 한 일은 새봇들 논의 피사리였다 점심 전에 큰 배미 반도 못 했으나 오후에 큰 배미 마치고 작은 배미 1/3쯤 했다. 일찍 가사에 조력하고 ,후에 몰아서 학업에 임하기로 결심하였다.그러기에 노동이지만 열심히 했다. 하지만 공부에 온 시간을 쏟아 매진하고 있을 학우들이나, 좀 더 좋은 환경에서 능률적으로 공부하는 서울 학생들을 생각할 때 가슴 한가운데가 미어진다.

한국 농업은 너무나 미개한 原始 농업이다. 앞으로 농대생들이 선진 농법을 개발해야 될 것이다.

8. 6. 화. 맑음

月餘 만에 보는 햇볕이다 어제 달밤에 누님은 이런 말을 들려주었다 '문석은(형) 누구보다도 제일 고달프다. 언제고 수업료는 보리쌀로 꼭 지고 다녔어, 그것도 황송해 했어'하시며 측은한 모습을 했다. 또 '성질은 꼭 공부하는 성격인데, 지금껏 집

에서 학비를 대 줬더라면 高等考試쯤은 合格했을 텐데' 하시며 고학하는 형을 안쓰럽게 생각했다. 생각하면 모두가 불쌍하기만 한 나의 父母同氣 들이다. 苦學 하면서 얼마나 많은 정신적 육체적 고통을 겪고 있으랴!

8. 7. 수. 맑음

하늘은 파랗고 햇볕은 맹렬하다. 오늘부터 공부에 전념하려 했으나 부친께서 가사 조력을 命 하시니 도리 없다. 예정은 피사리하려고 했으나 냇가 밭매기에 종일 걸렸다 기대에 어그러지게 일해서 죄송스럽다. 시절은 어김없이 아침저녁으로 제법 서늘하다.

8. 8. 목. 맑음

하루의 값진 그리고 흥미진진한 학습을 위해서 의당 학교로 향하는 내 얼굴엔 미소가 벙긋 거린다. 형한테서 편지가 왔다고 우란이 급히 뛰어왔다 형이 급하게 물은 말들이기에 즉시 답을 써서, 마침 우편배달부에게 부탁했다. 그 편지에 兄의 情이 사무쳐 있다.

9. 2. 월. 맑음

집에 오는 길에 둑방 잔디에 누워 파란 하늘을 쳐다보았다 흰 구름이 흘러가는 가을 하늘은 평화스럽다. 아름다운 한국의 아들로 태어난 행복감을 느껴본다 대학입시 응시과목이 변경된다고 뒤숭숭하다. 내가 생각하고 있는 지망 대학들에 대해 좀 더 알아 봐야겠다

9. 3. 화. 맑음

健康은 인생 최대의 보물이다. 4교시부터 아프기 시작하던 배-. 체육시간의 그 끊어지는 고통! 5교시가 끝나고 화장실 다녀왔는데도 얼마나 아프던지 학교 잔디밭에 누웠다 정신을 가다듬어 진원과 함께 오면서 성문 종춘 기창 등의 부축으로 간신히 도립병원까지 왔던 기억. 의사는 체했다고 주사 두 대에 약 한 봉지 주면서 500환이다. 오는 길에도 굉장히 아팠다. 신작로에 쓰러지는 나를 성문이 붙들고 어떤 마루에 눕혔다. 재헌과 같이 오다가 흥원의 알선으로 영기 자전거를 타고 왔다. 이들 친구들에게 무한한 감사를 느낀다.

9. 10. 화. 맑음

등교하지 못하고 의사를 찾았다. 심하게 체했기 때문에 위가 피로하고 염증이 생겼다고 죽을 먹으라 하면서 약을 주었다. 너무 결석을 하였다. 학기말 고사를 앞두고 이렇게 중요한 시기에 만 4일을 결석했으니 그 영향이 적지 않을 것이다.

9. 27. 금. 맑음

오늘 집에선 벼를 쪄 너느라고 분주했다. 나의 학비 때문에 아직 덜 여문 파란 벼를 베어 솥에다 쪄서까지 마련하시는 부모님! 선뜻 납부해주는 다른 학부형들 보다 몇 갑절 눈물 어린 정성이 보인다. 나의 보답은 오직 공부다.

10. 8. 화. 맑음

6교시 수업 후에 내일 한글날 기념식을 대신해서 식을 거행하였다. 나는 담임선생의 부탁으로 교무실에서 학생들 성적을 통계 냈다. 내 점수는 全校를 통틀어 1위이고 모의시험 결과도 월등하다는 것을 알았다. 담임은 결석을 많이 해서 걱정했는데 시험결과가 좋아서 다행이라고 축하해 주었다. 평소의 학교 공부가 제일 중요하다.

10. 13. 일. 맑음

오전에 팥을 널었고 오후에 두드려 치웠다. 양식을 장만하기 위해 벼를 훑었다. 그사이 사이에 능률적으로 공부하였다. 수학 '해석'을 30여 페이지 풀었다. 재미가 있었다.

저녁노을 짙어지는 농촌의 풍경이 아름답다. 바쁜 농부들은 저녁 늦게야 집을 찾아 들어온다. 이렇게 바쁜 시절 임에도 농촌의 아들로서 공부를 계속할 수 있는 것이 무한 행복하다.

10. 24. 목. 맑음

오늘은 벼를 걷어 묶어야 한다. 일꾼으로 종관을 얻어 일을 시작하였다. 금년 농사의 볏단 수는 다음과 같다. 새봇들 큰 배미 605단, 작은 배미 400단, 텃논 605단(단이 큼), 도랏말 370단(단이 작음) - 도합 2000단쯤 된다. 저녁때는 도랏말에서 늦게까지 두어 번 져 날랐다.

10. 26. 토. 맑음

일꾼을 얻어서 벼를 져 들이다. 가정실습의 마지막 순간을 가정을 위해, 특히 늙으신 부모님을 위해 일하기로 했다. 죽을 힘을 다 썼다 그 결과 1000여 단을 다섯 명이 져 들였다. 저녁 때는 무섭게 몰려오는 피로에 감당을 못하다.

이번 실습을 요약해 보면 1. 벼 베기, 보리 갈기, 방아찧기, 벼 걷기, 벼 져들이기 - 5일간, 2. 쉬며 책 보기 - 1일간. 이렇게 보람있게 보냈다.

10. 29. 화. 비

두통과 한기로 인하여 책가방을 싸다 말고 그대로 이불 펴고 드러누웠다 정오에는 혼수상태로 몇 시간 지났으며 의사가 왔을 때는 저녁 무렵이었는데 체온이 40도 이상이며 감기(인후렌자)라는 것을 알았다. 결석하다.

11. 16. 토. 맑음/장날

어머님이 즐겨 입는 고동색 치마. 꼭 그와 같은 고동색 치마를 입고 철레 철레 흔들거리며 몇 푼 받지도 못할 가마니 짝들을 무겁게 머리에 이고 뒤늦게 장마당으로 달려가는 할매. 떠나려는 버스 손님에게 "껌이나 담배 사시오"라고 늙어서 나오지도 않는 목소리를 간신히 외치고 돌아다니는 노파. 이런 이들을 볼 때면 늙고 가난한 어머니 생각, 커나는 자식을 가르쳐 보겠다고 바둥거리시는 어머니 생각이 나서 눈물이 나온다. 오늘도 그러했습니다. 아! 나의 어머니.

12. 29. 일. 맑음, 눈

눈 내리는 밤
밤길 어두운데 흰 눈만 날리누나
이 내 몸 태평하니 그 무엇을 두리리오
기쁘다 홀로 밤길 속세(俗世)는 멀구나

작품해설

솔직 담백한
해학적 언술

●

지연희 | (사)한국수필가협회이사장

솔직 담백한 해학적 언술

지연희 | (사)한국수필가협회이사장

　　문득 삶의 의미가 무력해지고 무엇이 내 인생의 총체적 가치를 수
렴해 줄 수 있을까 생각할 때가 있다. 쳇바퀴처럼 변함없이 돌아가는 일상의
나태함 속에서 일탈을 꿈꾸거나 보다 성숙한 삶의 발견을 향한 눈뜸이다. 사
람들은 이 순간 '글을 써 볼까'라는 관심을 보이기 쉽다. 백세시대를 내다보는
오늘, 건강한 시니어들의 글쓰기 수업이 늘어나고 여느 젊은이 못지않은 필력
으로 문필가의 대열에서 두각을 나타내는 분들이 적지 않다. 시나 수필을 주
로 다루고 있지만 글쓰기는 필자의 정신세계가 구축한 건축물이며 거듭 쌓아
도 그 끝이 보이지 않는 이상향의 미로이지 싶다. 평생의 수업으로 수십 년의
수련으로도 늘 미완의 걸음이 문학의 길이다. 때문에 언제나 쓰는 일 앞에서의
시작은 낯설고 알 수 없는 고뇌로 마음에 무거운 추를 매달게 된다.

　시인이며 수필가인 심웅석 선생이 시집과 수필집을 동시에 엮어 주변 문우
들에게 놀라움을 부여하고 있다. 더구나 용인시와 한국문인협회 용인지부가
주관하는 용인문학 진흥기금을 수혜 받게 된 시집 『시집을 내다』는 그 문학성
을 인정받게 되어 여간 기쁜 일이 아니다. 수필집 『길 위에 길』과 함께 상재하
게 되는 시인의 문학 흔적은 근 2년간의 꾸준한 노력의 결과물이다. 문학인이
지켜야 할 포기하지 않는 최선의 집념과 굳건한 의지가 세운 아름다운 꽃이며
열매이다. 몇 해 꾸준한 습작기간을 지나 2016년 계간 『문파』 신인상 시 부문에

당선되어 명실공히 한국문단의 일원이 되신 전직 정형외과 전문의의 솔직한 인생철학의 남다른 이야기가 오늘의 수필집이 보여주는 메시지이다.

　　힘든 투병 생활을 하면서도 누구를 원망하거나 탓하는 기색은 전혀 찾아볼 수 없었다. 남편을 굳게 신뢰하고 생명까지도 믿고 맡기는 모습이었다. 의사가 둘씩이나 있는 의사 집안에서 두 번 수술을 받게 되었다면 불평이나 원망이 나올 법한데, 이 천사 같은 부인은 본인의 병에 대하여 자세히 묻지도 않은 눈치였다. 남편이 대답하기 불편할 것이라 생각하고, 말해 주는 것만으로 알고 넘어가는 이심전심의 소통이리라. 궁금한 것을 물어보지 않는 참을성은 또 얼마나 고독한 것이었을까. 부부간에 서로 배려해 주는 모습이 아름답고 눈물겨웠다. L 원장의 평소 다정다감한 성격으로 보아, 그는 수없이 많은 울음을 가슴으로 울어 냈을 것이다.

　　겨울 흰 눈이 소복이 내려 천지를 덮었을 때, 우리 멤버들은 대학 송년회 후에 다시 방배동 쪽 클럽으로 이차를 갔다. 거기서 이 부부의 동행이 너무도 아름답고 눈물겨워 나는 부인을 살포시 안고 흘러나오는 음악에 따라 위로의 워킹을 하였다. 부인은 가을날 코스모스처럼 바짝 말라 있었으나 얼굴에는 평화가 가득하였고, 얼마 후 천사의 품으로 떠나셨다.

　　세월은 어느덧 삼십여 년이 흘러 옛이야기가 되어 버렸지만, 은행잎이 노랗게 물들어 떨어질 때면 L 원장의 지난 동행이 가슴속 감동으로 다가오곤 한다. 그때 어렸던 아드님은 잘 자라서 아버지와 같은 안과 의사가 되어 진료에 열심이고, 기일이 되면 정성껏 성묘하고 제사를 올린다고 한다. 그의 가정에 사랑과 행운이 함께 하기를 빌어본다.

– 수필 「아름다운 동행」 중에서

음악을 잘 몰라서 기가 죽어있는 나에게 그녀는 말했다. "음악도 자세히 알려고 애쓰지 말고, 내가 들어서 좋으면 좋은 것이지요" 듣는 사람의 느낌이 중요하다는 것이다. 이 말은 그 후에 미술관에 가서도, 그림에 얽힌 복잡한 내용을 알려고 고생하지 않고 내 눈에 보이는 대로 차분하게 감상하고 나오는 습관을 가져다주었다. 지금까지 예술에 대해서 자신이 너무 무식하다고 생각하면서 느끼던 열등의식이 구름같이 사라졌다. 모차르트의 음악을 들으면서 마음이 편안해지고 영혼이 깨끗해지는 것만으로 만족한다. 이곡이 교향곡 몇 번인지, 무슨 가극인지 알려고 애쓰지 않는다. 미술관에 가서도, 박수근의 〈빨래터〉, 〈세 여인〉 같은 그림을 볼 때는 순박한 한국인의 정서에 젖어 보고, 이중섭의 가족을 그리워하는 그림을 보면서는 그의 외로운 생애를 들어 보는 것으로 그만이다. 구체적인 예술성이나 이 그림의 내력 같은 자세한 것을 알아보려고 노력하지 않는다.

- 수필 「편하게 사는 법」 중에서

인생은 리허설 없는 매 순간이 리얼한 현실로 존재한다. 때문에 한 순간도 섣불리 살아서는 안 된다는 교훈을 듣게 된다. 험준한 질곡을 넘어 어느덧 생의 말년에 이르면 누구나 잘못 살아온 삶에 대한 후회와 돌이킬 수 없는 삶에 대한 회한으로 아파한다. 위의 수필 두 편을 감상하게 되면 수필 「아름다운 동행」은 친구 L 원장부부의 아름다운 삶의 동행을 객관적 시선으로 단편영화의 영상을 감상하듯 스케치해 주었으며, 수필 「편하게 사는 법」은 예술 작품 감상에 있어서 음악이든 미술이든 보고 느끼는 그대로 마음 편히 감상하는 법을 들려주고 있다. 모 방송국 PD Y양으로부터 터득한 '편하게 사는 법'은 꼭 이론적 해석에 매여 예술작품을 감상하지 않아도 부담스럽지 않게 자유로운 시각이나 청각에 맡기면 된다는 예술 감상의 감상법을 익히게 한다. 수필은 필자의 체험을 근거로 타자(독자)에게 간접 교훈을 전달하는 역할을 수행할 때가 있다. 물론 수필문학은 교육적 목적을 지니고 있지 않기 때문에 교육언어로 지시하거나 강제하는 언어는 금기되어 있다. 다만 자연스럽게 교훈의 가치로 독자의 정신세계에 교육적 의도를 심어주었다면 이는 수필문학의 본연한 의무를 수행한 작품이다. '지난날 Y양의 그 말 한마디가, 일생을 마음 편하게 살 수 있는 철학을 만들어 준 것이다. 지금도 훌륭한 조언이었다고 생각된다. 흘러간 세월을 회상하며 같은 하늘 아래 아름답게 살아갈 그녀의 행복을 빌어본다(수필 「편하게 사는 법」 중에서)'

옮기던 날은 검사도 모두 끝난 상태이고 내일 퇴원하라는 스케줄이다. 내일 오전에 가서 퇴원 수속을 밟을 예정으로 나는 집에 와서 자기로 했다. 귀가하여 몸을 씻고 소파에 앉아 창밖을 내다보니, 고요한 밤 공원에 늘어선 가로등은 졸고 있고, 집안은 적막강산이다. 가만히 돌아본다. 아내는 수십 년간 한결같이 아침에는 나보다 한 시간 이상 일찍 일어나, 내가 깨지 않도록 조용히 아침 식사를 준비한다. 저녁에는 술 먹고 늦게 귀가하는 날에도 언제나 밝은 얼굴로 저녁식사를 차려 주었다. 내 앞에선 화장을 지운 적이 없고, 가끔 술 마시고 데리러 오라 하면, 바람처럼 달려왔다. 한 번도 소리 내어 대든 적 없었고, 내 성급한 성격에 큰 소리쳤을 때는, 말없이 눈물지으며 앉아 있었다. 그런 사람이 지금 식도 때문에 고생을 하면서도, 입원실비 기십만 원 나오는 것을 이처럼 부담스럽게 생각한다.

헌신적으로 살아온 이 비단결 같은 사람이 너무나 안쓰러워, 눈물이 두 볼을 타고 소리 없이 흘러내린다. 늦은 밤에 카톡을 보냈다. "여보, 사랑해요, 이 세상에서 당신이 제일 중요한 사람입니다. 언제나 자신을 위하면서 살도록 하세요" 오늘 퇴원하고 귀가하는 길에, 아내가 차 안에서 조용히 말했다. "어쩌면 당신은 그런 말을 해서 사람을 눈물 나게 해요. 당신, 항상 존경하고 감사해요"

– 수필 「아내의 입원」 중에서

약한 체질에 몸이 불편할 때도 내색 한번 하지 않고 내조하는 것을 볼 때 불쌍하다는 생각이 문득 든다. 집에서는 아침 일곱 시면 정확하게 일어나던 사람이 여기서는 해가 중천에 오르도록 코를 골며 맛있게 잔다. 항상 긴장하고 지냈을 것이라 생각하니, 또 미안하다. 집에서 코를 골면 살짝 옆으로 뉘었는데, 여기서는 음악 소리로 들리는 것은 무슨 조화일까. 오래전 어느 결혼식장에서 유명 학자가 주례를 설 때 '측은지심으로 살라'고 강조하는 것을 듣고, '신혼부부에게 어울리지 않게 웬 측은지심?' 하고 생각했던 것이 이제 이해가 된다. 남녀가 만나서 어느덧 사랑이 식어갈 때, '이 넓은 세상에서 가엾은 이 사람을 보호해줄 사람은 나밖에 없구나'라고 생각한다면, 무슨 마찰이 있어도 끌어안게 되리라.

– 수필 「이별 여행」 중에서

검은 머리 위에 하얀 서리가 내려앉은 노부부의 모습을 바라보면 맑은 거울 하나를 비춰보는 일과 다르지 않다. 수십 년 짝을 지어 양보하고 다독이며 살아낸 수도자의 면벽기도 같은 삶을 완성해 가는 모습으로 존경스럽다. 무엇보다 생면부지 남과 남이 만나 부부의 연을 맺고 살아가는 일은 서로의 헌신적인 배려가 필요한 일이다. 그만큼 사랑과 존경으로 상대를 신뢰하였을 때 가슴으로부터 우러날 수 있는 아름다움일 것이다. 수필 「아내의 입원」은 평생 남편을 위해 헌신하던 아내가 식도협착증(식도 무 이완증)으로 근 30년간 고생하고 있는 모습을 안쓰럽게 바라보는 남편의 측은지심이 아름답게 위로되어지는 감동적 수필이다. 자신의 몸이 성치 않은데도 남편을 위해 헌신적으로 살아온 아내를 생각하며 눈물을 흘리고 말았다는 남편은 늦은 밤에 카톡을 보냈다. 《"여보, 사랑해요, 이 세상에서 당신이 제일 중요한 사람입니다. 언제나 자신을 위하면서 살도록 하세요."》그 카톡을 받은 아내는 귀가 길 차 안에서 조용히 말을 전한다. 《"어쩌면 당신은 그런 말을 해서 사람을 눈물 나게 해요. 당신, 항상 존경하고 감사해요."》노년의 두 부부가 이처럼 아름다운 대화를 나눌 수 있을 때 세상의 어떤 두려움도 극복할 수 있고 어떤 이별이 깃든다 해도 그 흔적으로 외롭지 않겠다는 생각을 하게 한다.

웬만큼 나이든 사람들이라면 생의 종말을 생각하지 않을 수 없다. 수필 「이별여행」은 누구에게나 어느 순간 다가올 수 있는 '죽음'이라는 명제 앞에서 무심할 수 없는 생가슴 찢는 이별의 아픔을 미리 채득해 보려는 의도이다. 앞서 수필 「아내의 입원」에서도 언급했지만 심웅석 수필은 이별 연습을 실행하게 된다. 현재 남아 있는 삶의 시간 속에서 죽기 전에 해야 할 일이나 하고 싶은 일을 적어 실행하는 '버킷 리스트'의 실천이다. '사랑은 인생보다 길고 추억보다는 짧다고 생각되기에, 사랑의 감정이 희미해질 때 아름다운 추억으로 남을 수 있도록 추억 만들기로 떠나는' 것이다. 수필 「이별 여행」을 읽다보면 문득 독립영화 한 편을 감상하는 감회에 젖지 않을 수 없다. 가슴 뭉클한 부부의 대화가 한 점의 꾸밈도 없이 진솔하게 전달되어서다. 광명역으로 KTX 열차를 타러 가는 길에 운전하던 아내는 평소와 달리 역으로 빠지는 길을 놓치고 만다. 이에 무슨 생각을 하기에 길을 놓쳤느냐는 남편의 물음에 아내는 당신이 없으면 이런 여행도 못 다니겠구나 생각하고 있다가 길을 놓쳤다고 한다. 마음이 아플까봐 아무 말도 않고 떠난 여행인데 벌써 알아챈 모양이라고 남편은 예감하게 된다. 더 이상의 무엇도 이 부부의 '이별 여행' 속으로 침범할 수 없는 문장의 흐름을 느낄 수 있었다. 손을 꼭 잡고 다니던 두 사람은 "날 만나서 고생 많이 했소, 고마워"라는 남편의 말에 "당신 만나서 호강하고 잘살고 있지요"라는 대답으로 그 어느 날의 이별을 전제하며 사랑과 감사를 담아 서로를 위무하게 된다.

국소 마취이다 보니 통증이 남아서 환자는 아프다고 고래고래 소리를 지르고, 나는 참으라고 소리를 지르면서 수술이 끝났다. 밖에서는 사람들이 한 무리 모여서 '이거 사람 잡는다'고 수술실로 들어오려는 것을 농협 직원 한 분이 '그래도 명문 대학 출신인데 믿어 보자'고 달랬다고 한다. 수술을 끝내고 윗동네 학교 운동장에 가서 오토바이 타는 연습을 하는데 교무실에서 선생님이 나오시더니 "수고하셨습니다. 수술을 잘 끝내셨다고요?"라고 말했다. 나는 이렇게 빨리 소문이 전해졌나 놀랐다. 이제는 돌팔이를 면한 느낌이었다.

무의촌 근무가 거의 끝나갈 무렵, 한밤중에 윗 동네에서 산모를 봐달라고 했다. 정형외과인 내게 제일 겁나는 환자가 산모다. 밤중에 오토바이를 타고 신속하게 달려가서, 인턴 때 산모 받던 실력을 동원하여 아기를 무사히 받아냈다. 그리고 동네 앞에 있는 가게에서 술대접도 받고 돌아왔다. 며칠 뒤 장날, 보호자가 외상이었던 출산비를 가지고 보건 지소로 왔다. "아기는 건강하지요?" 그는 담담한 표정으로 "아기는 갔어요".

왜 그랬는지 자초지종을 물어볼 엄두가 나지 않았다. 나는 조용히 아기의 명복을 빌었다.

– 수필 「돌파리 행진곡」 중에서

이 무렵 봉천동에서 부동산도 하고 건축도 하는 고교 동기가 있어 물어보니 그쪽에는 나온 대지가 많이 있다고 했다. 인생에 대하여 깊이 생각해 보았다. 이제 돈은 더 벌지 않아도 될 것 같았다. 나머지 삶을 가장 값지게 사는 길은 봉사하면서 사는 길이 아닐까. 서울의 대표적인 빈민촌 중 하나인 봉천동에 자리 잡고 가난한 이웃들을 돌본다면 보람 있는 일이 될 것이라 생각하고 봉천 사거리에 대지를 사서 건물을 지었다. 봉천동에 개원하면서, 돈 때문에 치료를 못 받는 일이 있어서는 안 되겠다는 생각에 '우리 병원은 항상 외상이 되는 곳이다'라고 선언하였다. 갚지 않아도 된다는 뜻이었다.

놀라운 것은 외상으로 치료받은 환자들이 거의 모두 외상을 정확하게 갚는다는 사실이다. 가난한 사람들은 정직하게 살고 있었다. 여기서 욕심 없이 지낸 이십오 년의 세월이, 살면서 가장 행복했던 때였고 세 번째 찾아온 행운이었다고 생각한다.

– 수필 「신촌에서 봉천동까지」 중에서

심웅석 수필의 백미는 솔직 담백한 해학적 언술에 있다. 지난 삶의 여정을 꾸밈없이 토로하고 그 사실에 대한 진정한 가치를 독자의 몫으로 맡긴다는 점이다. 때문에 독자들은 공감의 폭을 확대시키며 어느 한 부분에 이르면 미소를 짓게 하는 즐거움이 된다. 어떤 모순적 사례도 거침없이 끌어와 독자 앞에 세우고 설득시키는 매력적인 수필이다. 수필 「돌파리 행진곡」역시 초보 의사시절 자신의 실수를 가감 없이 고백하고 있어 이해와 더불어 진실한 마음 밭으로 일군 수필문학이 독자에 미치는 감응이 무엇인지 눈뜨게 한다. 심웅석 수필가는 자유로운 영혼의 자연인이라는 생각을 했다. 후회 없는 삶을 살기 위해 현실에 충실한 인물의 본보기를 보여주고 있다.

'의학은 경험과학'이라는 언급이 심웅석 수필 속에서 들어난다. 전공의 2년차 4년차를 통하여 의술을 펼치는 과정에서 경험한 사례를 들려주고 있는 수필 「돌파리 행진곡」과 수필 「신촌에서 봉천동까지」는 평생 의사로서 지녔던 소신과 책무에 대한 최선의 노력과 봉사정신을 가늠하게 한다. '수술을 끝내고 윗동네 학교 운동장에 가서 오토바이 타는 연습을 하는데 교무실에서 선생님이 나오시더니 "수고하셨습니다. 수술을 잘 끝내셨다고요?"라고 말했다. 나는 이렇게 빨리 소문이 전해 졌나 놀랐다. 이제는 돌팔이를 면한 느낌이었다.' 훌륭한 성적으로 S의대에 입학을 하고, 훌륭한 성적으로 졸업을 한 초보의사의 좌충우돌을 진솔하게 드러낸, 그리고 평생을 정형외과 전문의로 명성을 지니고 만년엔 의료봉사에 투신한 수필 이야기는 '담백한 수필'의 진정한 가치로 오래도록 세길 수 있겠다는 생각이다.

서울에서 대학에 다니던 형은, 고2 때부터 '학원' 학습지를 다달이 사서 보내 주었다. 그 내용도 공부하는 데 도움이 되었지만, 무엇보다 표지에 서울 명문고 학생들의 교복을 차려입은 해맑은 사진들은 경쟁심을 자극하기에 충분하였다. 깊어가는 가을밤 텃밭에는 말라 버린 옥수숫대 넓은 잎새 사이로 스산한 바람 불어 지나고, 파란 하늘에 둥근 달이 밝게 비추면, 시골 고3 학생은 달을 보고 하염없이 눈물을 흘렸다. 기러기 떼들도 서울이 있는 북쪽으로 기럭기럭 울며 날아가고, 마음도 서울을 향한 동경심과 막연한 애수에 젖어 눈물을 닦았다.

드디어 입학시험 날이 왔다. 서울 명문고 학생들은 선배들이 몰려와 둥그렇게 둘러서서 와자지껄 떠들고 웃으며 시험 치는 후배들을 응원하였다. 형도 왔다 "저런데 신경 쓸 것 없다"라고 안심시키면서 점심을 사주었다. 시험문제들은 거의가 공부한 범위에서 나왔고, 시험 끝난 후 자신 있게 시골집으로 내려왔다. 발표 날 공주 읍내로 나가 친구 집 라디오에서 결과를 들었다. 내 수험번호 3007이 첫 번째 나왔다. 앞에 여섯은 낙방인 것이다. 집에 와서 마루에 앉아 계신 아버지께 "합격했습니다" 말씀 드리니 아버지는 무릎을 탁 치시더니 "어이쿠 이거 큰일났네"하셨다. 입학금 준비를 못 했기 때문이다. 합격했다니 왜 기쁘지 않으셨겠나. 그러나 기쁘기 전에 부모의 책임이 앞섰던 것이다. 아버지가 쌀 세 가마니를 해 주셨고, 나머지는 형이 마련하여 입학금과 등록금을 해결해 주었다.

－ 수필 「형兄」중에서

영정사진을 미리 찍어둘 수 있는 사람은 행복하다는 생각이 든다. 우리나라 사망 원인 중 2, 3 위를 차지하는 심장질환(급성심근경색), 뇌혈관질환(뇌졸중)으로 돌연사突然死 하고, 기타 사고사事故死로 아무런 준비 없이 사망하는 경우가 얼마나 많은가. 죽음을 받아들이는 입장에 서니 인생이 달라진다. 눈에 보이는 세상이 모두 아름답고, 흰 눈이 내리면서 속삭이는 소리도 들린다. 오늘도 숨 쉬면서 살아 있다는 것이 행복하고 감사하다. 아내가 사랑스럽고 애틋하다. 가족이 그립고 친구가 소중하다.

사람의 외모는 마음가짐에 따라 변한다는 말이 있다. 마음을 예쁘게 가지면 세월 따라 그것이 외모를 아름답게 변화시킨다는 말을 믿는다. 인생은 나를 찾아 떠나는 여행이라 한다. 성실하고 정직하게 여행을 한 사람은 품격이 외모에 나타날 것이고, 거짓과 탐욕으로 인생 여행을 한 사람은 외모에 그렇게 나타날 것이다. 완성된 영정 사진에는 어떤 인물이 나올까. 반듯하게 노력하면서 살아왔다고 믿고 있으니 그런 모양일까, 아니면 이제 늙어서 모양이 나오지 않으니 문상객들에게 살며시 웃음이나 보여주는 것일까. 돌아오는 길은, 떠나기 전에 해야 할 일을 한 가지 했다는 생각에 발걸음이 한결 가벼웠다.

– 수필 「영정사진」 중에서

수필 「형兄」은 남다른 우애로 아우의 삶에 멘토가 되어준 형의 사랑이 감동으로 묻어나는 글이다. 가난한 농부의 가정에서 쉬이 꿈꿀 수 없었던 서울유학을 실현시켜준 일도 형의 주선이다. 중학생의 아우와 나란히 누워 소설가를 꿈꾸던 아우에게 '소설은 쓰기도 어렵지만 독자를 감동시켜야 하는데 얼마나 어려운 일이겠는가' 설득시키기도 했던 형이다. 고3때는 가정형편상 사관생도의 꿈을 지녔던 아우에게 S대 의대에 지원하도록 안내하고 후원해 준 형이었다. 심웅석 의사이며 시인의 삶 속에서 형은 나무의 버팀목이며 절대적 배경이었다. 제아무리 피를 나눈 형제이면서도 마음은 있어도 실천하지 못하는 현실 속에서 형은 재능 있는 아우의 능력을 믿음으로 응원하고 성공한 삶의 길을 열어주었다. 수필 「형兄」은 '참 좋은 형'을 둔 아우가 형에게 드리는 감사의 제언이다. 쉬이 보기 드문 아우사랑의 면면이 아름답게 조각된 수필이다.

장례식장의 영정사진은 죽은 이가 산 사람들에게 이승에서의 마지막 모습을 사진으로 드러내고 대면하는 얼굴이다. 때문에 나이가 든 사람이면 미리 사진을 찍어 준비하는 예가 대부분이다. 수필 「영정사진」은 자신의 영정사진을 미리 찍어두기 위해 거울 앞에 선다. 낯설고 믿기지 않는 '나'를 세월이라는 시간 속에서 황망히 바라보고 있는 모습도 영정사진을 준비하는 과정 속에서 만날 수 있다. 미리 준비해 두는 이승에서의 마지막 내 인사를 '영정사진' 속 나와 조우하기 위한 일이다. 결국은 이별을 준비하는 일이 영전사진 찍기라고 보아야 한다. '죽음을 받아들이는 입장에 서니 인생이 달라진다. 눈에 보이는 세상이 모두 아름답고, 흰 눈이 내리면서 속삭이는 소리도 들린다.'는 것이다. 고대 로마의 서정시인 호라티우스는 '매일을 삶의 마지막 날이라고 생각할 수 있을 때' 매 순간의 삶이 얼마나 소중한 것인가를 깨닫게 된다고 하였다. 이별을 준비할 수 있는 사람은 소중한 삶의 의미를 체득하기 위한 노력이라고 생각하며 심웅석 수필은 이를 수필문학으로 가시화시키고 있다.

심웅석 수필의 갈래를 짚어보면 '성장 과정' '의사의 길' '성숙한, 자유로운 영혼의 인생여정' 등으로 비춰볼 수 있다. 또한 다소 미미한 언급으로 비춰지지만 소설가가 되고 싶었다거나, 1952년 학원 출판사에서 창간한 학생잡지 '학원'을 구독하며(서울 형이 부쳐줌) 문학에 대한 열망이 충동하였던 점으로 보면 심웅석 정형외과 의사의 한국문단 시인 등단은 우연한 일이 아니었다는 생각을 하게 한다. 1957년(단기 4290년) 한 해에 쓴 수필 학원일기는 60년의 시간 저 편 미지의 꿈으로 충만한 한 소년의 시간 속에 다녀올 수 있었던 아름다움이었다. 참으로 짧은 시간 속에서 출간된 첫 시집 『시집을 내다』와 첫 수필집 『길 위에 길』은 아름다운 언어로 빚은 명품 시집과 수필집임을 밝혀둔다. 다시 또 제2의 작품집으로 독자의 가슴에 즐거움을 주실 수 있기를 기대하며 축하드린다.

길 위에 길

심웅석 수필집